文學研究叢書・辭章修辭叢刊

辭章章法學導讀

陳滿銘　著

自序

章法學是探討宇宙萬事萬物「層次邏輯」關係的一門學問。自四十多年前，個人開始用科學方法帶動團隊將「層次邏輯」落於辭章上加以研究，到了今天，已具備「基礎性」、「概括性」、「多元性」、「系統性」與「藝術性」，有完密之體系。而其成果，以整個團隊來說，相關學位論文有七十篇以上，而發表於期刊（含學報）雜誌的也有五百篇以上。就單以已出版的著作而言，即有數十種，而已完稿或完稿中的也有兩種，即《章法學新論》、《〈四書〉義理螺旋結構析論》。大致看來，其中有如下二十多種專著（含已完稿或完稿中的兩種），是可以呈現辭章章法學體系之重要內涵，而且是兼顧理論與應用的。以下就是這些專著：

偏於「基礎性」者，有：

陳滿銘《國文教學論叢》（1991 年）
仇小屏《文章章法論》（1998 年）
陳滿銘《文章結構分析：以中學國文課文為例》（1999 年）
陳滿銘《詞林散步：唐宋詞結構分析》（2000 年）
夏薇薇《賓主章法析論》（2002 年）
陳佳君《虛實章法析論》（2002 年）
陳滿銘《章法學綜論・第二章第一節》（2003 年）
陳滿銘《章法學新論・第一、二、三章》（未刊稿）

陳滿銘《〈四書〉義理螺旋結構析論》（未刊稿）

偏於「概括性」者，有：

仇小屏《篇章結構類型論》（2000 年）

陳滿銘《章法學綜論·第二章第二節》（2003 年）

陳滿銘《篇章結構學》（2005 年）

黃淑貞《篇章對比與調和結構論》（2005 年）

黃淑貞《辭章章法四大律研究》（2007 年）

陳滿銘《章法學新論·第四章》（未刊稿）

偏於「多元性」者，有：

陳滿銘《章法學綜論·第四、七章》（2003 年）

陳滿銘《篇章辭章學》（2005 年）

陳滿銘《辭章學十論》（2006 年）

陳滿銘《章法結構原理與教學》（2007 年）

陳佳君《篇章縱橫向結構論》（2008 年）

仇小屏《呂祖謙「古文關鍵」文章論研究》（2010 年）

陳滿銘《唐宋詞拾玉：以篇章結構分析為軸心》（2010 年）

陳滿銘《比較章法學》（2012 年）

陳滿銘《章法學新論·第五、六章》（未刊稿）

偏於「系統性」者，有：

陳滿銘《章法學綜論·第三、五章》（2003 年）

陳滿銘《多二一（0）螺旋結構論：以哲學、文學、美學為研究範圍》（2007 年）

謝奇懿《辭章學的螺旋結構及其在寫作評分規準的應用》（2010 年）

陳滿銘《篇章意象學》（2011 年）

陳滿銘《章法結構論》（2012 年）
陳滿銘《章法學新論・第七章》（未刊稿）

偏於「藝術性」者，有：

仇小屏《古典詩詞時空設計美學》（2002 年）
陳滿銘《章法學綜論・第六章》（2003 年）
蒲基維《章法風格析論》（2007 年）
黃淑貞《建築美學：合院「多二一（0）」結構研究》（2012 年）
陳滿銘《章法學新論・第七章》（未刊稿）

很可惜的是，在「基礎」層面，有代表作是幾本碩論：涂碧霞的《凡目章法析論》、高敏馨的《平側章法析論》、李靜雯的《點染章法析論》與潘伯瑩《圖底章法析論》；而在「概括」層面，則有一本代表作是顏智英的博論《辭章章法變化律研究——以古典詩詞為考察對象》；至今都還沒有出版，希望能早日和大家見面。另外，值得一提的是，這一章法學「基礎性」、「概括性」、「多元性」、「系統性」與「藝術性」體系之建立，早在 2003 年 6 月就由《章法學綜論》一書初步完成，這對後來研究的拓廣與加深，產生了相當大的影響，就是即將推出的《章法學新論》也和它作了不同角度之呼應，因此在此特別分章加以呈現，以傳達這種訊息。

這次為了整體而有系統地展現個人研究的成果，計畫出版一種套書十冊，即《辭章章法學體系建構叢書》，擬收如下十冊，由萬卷樓圖書公司於 2014 年推出，依序是：

《章法學綜論》（整體照應基礎性、概括性、多元性、系統性與藝術性，2003 年初版）
《篇章結構學》（從不同深廣度，整體照應基礎性、概括性、多元

性、系統性與藝術性，2005 年初版）

《多二一（0）螺旋結構論：以哲學、文學、美學為研究範圍》（以多元性、系統性與藝術性為主，2007 年）

《章法結構原理與教學》（從不同深廣度，整體照應基礎性、概括性、多元性、系統性與藝術性，2007 年初版）

《唐宋詞拾玉：以篇章結構分析為軸心》（以基礎性、多元性為主，2010 年初版）

《篇章意象學》（以多元性、系統性與藝術性為主，2011 年初版）

《章法結構論》（以多元性、系統性與藝術性為主，2012 年初版）

《比較章法學》（以多元性為主，2012 年初版）

《章法學新論》（從不同深廣度，整體照應基礎性、概括性、多元性、系統性與藝術性，已完稿）

《〈四書〉義理螺旋結構析論》（以基礎性、多元性與系統性為主，完稿中）

必須要說明的是，其中全面以實例解析辭章的章法結構為重心，直接為其他各冊之理論與舉例作進一步的驗證的，本來已準備收入《文章結構分析》與《唐宋詞拾玉》兩冊，希望藉此兼顧理論與實際，能呈現個人研究章法學之進程與結果。不過，因另有一新著《〈四書〉義理螺旋結構析論》，正完稿中，所以考慮結果，決定以它取代《文章結構分析》（1999 年），列入這套書內，將章法分析的實例由文學性提升到哲學性，使其涵蓋面能更為擴大。

如此以套書十冊，呈現其體系與特色，期盼能獲得學界的肯定與支持。而這本《辭章章法學導讀》，即一方面為此十冊套書，就其「基礎性」、「概括性」、「多元性」、「系統性」與「藝術性」之體系，作一簡介；一方面也為對「辭章章法學」有興趣的朋友，初步作一導覽，希望能由此很快就進入「章法學」園地，逐漸深入，以一窺堂奧，而又藉此推拓、提升，能著眼於宇宙間萬事萬物「層次邏輯」甚至「雙螺旋」的層層系統及其關係，以增進認識。

最後必須一提的是：這十冊套書，除九、十兩冊是全新推出外，其餘八冊都依據原版作了一些必要調整，所以章節、頁碼已有所不同：而又由於各冊要求忠實呈現其研究的階段性歷程與其內容結構之完整，因此很難避免對同一重要主題有重複探討的現象，但是其論述之深淺、繁簡與偏全是各有差異的；不過，無論怎麼說，都是缺憾，在此，謹請　讀者見諒！

陳滿銘

序於萬卷樓圖書公司

2013 年 7 月 30 日

目次

第一章
研究的基本方法

茲分如下兩節，略作說明：

第一節　歸納與演繹

個人對辭章章法學之研究已超過四十年，兼顧「微觀」、「中觀」與「宏觀」[1]，陸續發表論文三百多篇、出版相關專著二十餘種，被有些學者譽為成果「空前」[2]，成為一門新學科[3]，並直接稱為「臺灣章法學」、「陳氏章法學」或「陳章法」[4]，以別於歷代或

---

1 鄭頤壽認為章法學的「『三觀』理論建構了科學的、體系嚴密的學科理論大廈」，見〈陳滿銘創建篇章辭章學——代序〉，《陳滿銘與辭章章法學》（臺北市：文津出版社，2007 年 12 月初版一刷），頁（7）-（12）。

2 鄭韶風：〈漢語辭章學四十年述評〉，《國文天地》17 卷 2 期（2001 年 7 月），頁 93-97。又，鄭頤壽：〈臺灣辭章學研究述評及其與大陸的異同比較〉，《福建省社會主義學院學報》總 43 期（2002 年 2 月），頁 29-32。

3 鄭頤壽：「『章法學是研究章法（含篇法）理論與實際的一門學問。』……臺灣學者陳滿銘教授，在研究這一方面具有突出的成就，雖非絕後，實屬空前。」見〈臺灣辭章學研究述評及其與大陸的異同比較〉，同上註。又，王希杰：「章法學作為一門學問，不是有關部門章法的個別的知識，而是章法知識的總和，是一種概念的系統。……陳滿銘教授初步建立了『科學的章法學體系』。……如果說唐鉞、王易、陳望道等人轉變了中國修辭學，建立了學科的中國現代修辭學，我們也可以說，陳滿銘及其弟子轉變了中國章法學的研究大方向，建立了『科學的章法學』，把漢語章法學的研究轉向『科學的道路』。」見〈章法學門外閑談〉，《平頂山師專學報》18 卷 3 期（2003 年 6 月），頁 53-57。

4 王希杰、仇小屏、陳佳君：〈章法學對話〉，《章法論叢》第二輯（臺北市：萬卷樓圖書公司，2008 年 3 月初版），頁 36-87。

當今兩岸其他學者（如吳應天、曾祥芹、徐炳昌、鄭文貞、溫振宇、熊琬、林文欽等）之研究[5]。這不限於個人，而須歸功於個人帶動團隊研究多年的總成果，已具備「基礎性」（章法類型與結構）、「概括性」「章法規律與家族」、「多元（角度、比較）性」、「系統性」（雙螺旋、「多二一（0）」螺旋系統）與「藝術性」（「多、二」、「一、(0)」、「多二一（0）」），而完整建構了辭章章法學的體系。

這種研究，源自 1970 年前，為了講授「國文教材教法」這門課程之需要，不得不從「基礎」層去接觸「章法」或「章法結構」；而由於「章法」或「章法結構」所研討的乃「篇章內容材料的邏輯關係」，必然涉及由「章」而「篇」的完整結構系統，因此對後來四大規律與家族、切入角度與比較[6]作「概括」、「多元」層

5 章法自古歸入修辭，孔子所謂「修辭立其誠」的「修辭」，即指「內容之形式」，應有章法的意涵在內。而正式提出篇法、章法的，是劉勰《文心雕龍．章句》篇。此後論及章法的就不計其數。見鄭子瑜、宗廷虎主編：《中國修辭學通史》（長春市：吉林教育出版社，2001 年 2 月一版二刷），〈先秦兩漢魏晉南北朝卷〉（頁 1-482）、〈隋唐五代宋金元卷〉（頁 1-796）、〈明清卷〉（頁 1-450）、〈近現代卷〉（頁 1-584）、〈當代卷〉（頁 1-493）。

6 王希杰：「滿銘教授已經初步建立了一個比較完整的章法學體系。他的章法學，包含了『章法哲學』和『章法美學』。其實他和弟子們已經接近了章法心理學。滿銘教授還研究了『比較章法』。的確章法比較也是一個大有可為的領域。」見〈陳滿銘教授和章法學〉，《畢節學院學報》總 96 期（2008 年 2 月），頁 4。又孟建安：「比較法是認知事物本質的有效方法之一，通過異類或同類事物不同側面的比較更能夠凸顯事物的本質屬性。比較法雖然是科學研究的常見方法之一，但陳滿銘先生卻十分看重這種常規方法的恰切運用。陳先生在研究的過程和不同的論著中，都巧妙地運用了這種方法，給予這種方法以適宜的位置。尤其是在專著《章法學綜論》一書中，更是列出專門的章節『比較章法』，以 60 頁的篇幅運用比較的方法來進行章法研究，由此可見陳先生對比較法的重視程度。陳先生高瞻遠矚，從客觀物理世界的自然法則起筆，運用比較的方法來闡釋章法的異同。陳先生認為，天下的學問不外是在探究萬事萬物之『異』、『同』而已，而『異』、『同』本身又形成『二元對待』

的認定，並進一步以雙螺旋及「多二一（0）」螺旋結構作「系統」與「藝術」層的建構，就有直接關連。這種建構，以科學最基本方法而言，它們形成「歸納⟷演繹⟷歸納」的螺旋關係，可以如下簡圖來表示：

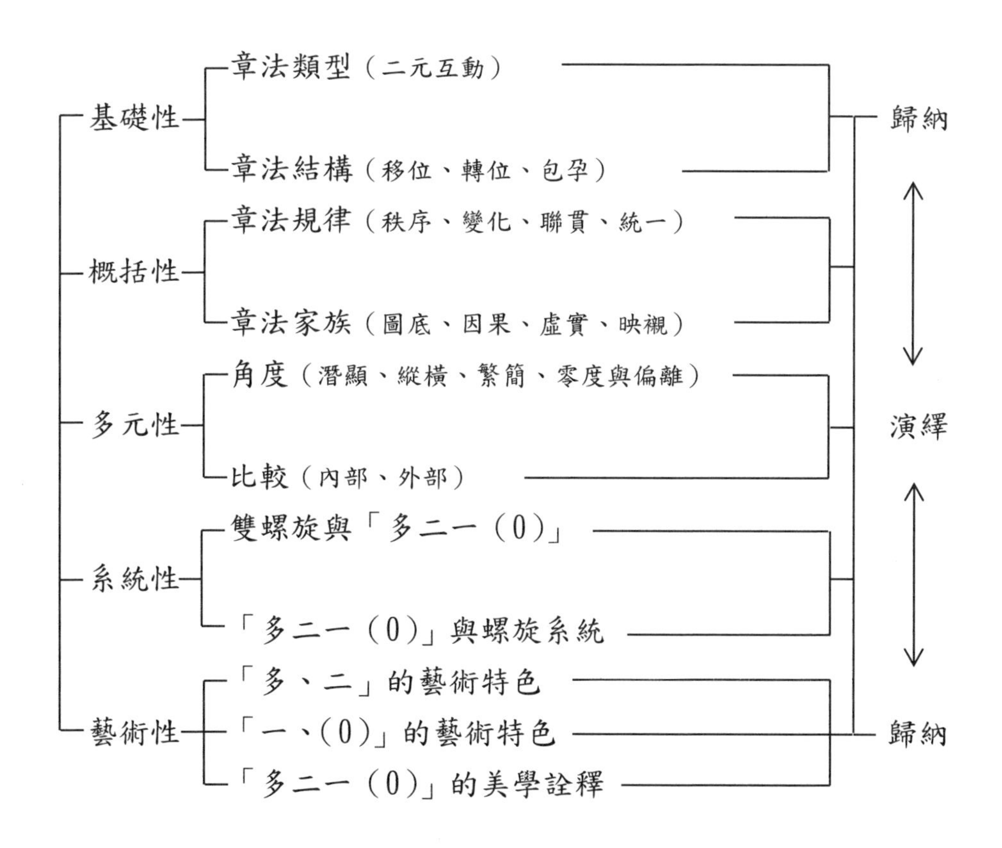

的螺旋關係。也就是說，『求異』多少，既可以徹上『求同』多少；同理，『求同』多少，既可以徹下『求異』多少。這樣循環不已，就拓展了學問的領域和成果。陳先生把這種道理運用到章法的研究上，認為『求同』與『求異』看似不同，實際上是兩相對應而成為一體的。」見〈陳滿銘與漢語辭章章法學研究〉，《陳滿銘與辭章章法學》，同本章註 1，頁 121-122。

其中「章法規律」、「多元角度」與「章法結構」，「章法家族」、「多元比較」與「章法類型」互相照應，而「雙螺旋」、「多二一（0）」螺旋結構又與「章法結構」、「章法規律」、「章法藝術」……等互相照應；彼此環環相扣，形成一個完整的體系。

由於章法所探討的，乃篇章內容材料之邏輯結構，是源自於人類共通之理則，亦即對應於自然規律來說的。所以一般創作者雖日用而不知、習焉而不察，但它很早就受到辭章學家的注意[7]，只不過所看到的都是其中的幾棵「樹」，而一概不見其「林」。一直到晚近，經過多年努力的探究，才逐漸「集樹成林」，並確定它的原則、範圍和主要內容（含類別與模式），尋得它的哲學、心理基礎和美感效果，建構了一個體系，而形成一個新的學科。對此，鄭頤壽指出：

> 臺灣建立了「辭章章法學」的新學科，成果豐碩，……臺灣的辭章章法學體系完整、科學，已經具備成「學」的資格。它研究成果豐碩，已經「集樹而成林了」。[8]

黎運漢也認為臺灣章法學之研究：

> 有了較為清醒、自覺的理論意識，……在學科構建中頗為重視理論建設，……有較高的理論品格，綜合呈現出一個較為

7 章法自古歸入修辭，孔子所謂「修辭立其誠」的「修辭」，即指「內容之形式」，應有章法的意涵在內。而正式提出篇法、章法的，是劉勰《文心雕龍‧章句》篇。此後論及章法的就不計其數。見鄭子瑜、宗廷虎主編：《中國修辭學通史》，同本章註5。

8 鄭頤壽：〈中華文化沃土，辭章學圃奇葩——讀陳滿銘《章法學新裁》及其相關著作〉，《海峽兩岸中華傳統文化與現代化研討會文集》（蘇州：海峽兩岸中華傳統文化與現代化研討會，2002年5月），頁131-139。

> 「科學的理論體系」，……運用了比較「科學的研究方法」，使漢語章法學基本具備了成為一門新學科的資格。[9]

而孟建安更指出臺灣章法學之研究：

> 對漢語辭章章法學研究做出了巨大的貢獻。這種貢獻突出地表現在五個方面：（一）培育了具有強大戰鬥力的「科研團隊」，取得了極為豐碩的研究成果；（二）提出並闡釋了眾多的新概念和新觀點，解決了許多較為重大的理論問題；（三）引入並堅持了「科學的方法論原則」；（四）提供了章法分析與章法教學的「科學範例」；（五）構建了「科學」而完備的漢語辭章章法學體系。……已經形成了自己獨具特色的研究路子，其所創建的漢語辭章章法學已經成熟並豐滿，達到了前所未有的高度，具有很高的理論價值和實用價值，具有很強的生命力和感召力。[10]

可見科學化章法學的誕生是晚近之事。所以如此，是開始採用科學方法研究以建立科學的辭章章法學體系的緣故。

而就辭章章法學之方法論而言，是因涉及的層面之高低與角度之不同而各有所重的，如鄭頤壽認為：以「名、實」、「辭、意」、「分、合」、「內、外」與「順、逆」的辯證法建構了科學的篇章辭

9 黎運漢：〈陳滿銘對辭章法學的貢獻〉，《陳滿銘與辭章章法學》，同本章註 1，頁 52-70。

10 孟建安：〈陳滿銘與漢語辭章章法學研究・摘要〉，《陳滿銘與辭章章法學》，同本章註 1，頁 80。

章學理論體系[11]；又如黎運漢認為：以「樸素辯正法」、「多角度切入法」與「圖表展示法」建構了較為完備的辭章章法學方法論體系[12]；再如孟建安認為：以「運用了鮮明的系統論研究方法」、「以中國傳統哲學的『二元對待』範疇為基本出發點和理論基礎」、「現象描寫和理論闡釋的有機統一性」與「比較方法的巧妙運用」引入並堅持了科學的方法論原則[13]。而王希杰則在論「章法學的方法論原則」時，提出最基本的方法為「歸納」與「演繹」[14]。

第二節　因果邏輯

而所謂「歸納」與「演繹」，基本上涉及「因果邏輯」，「歸納」屬「先果後因」、「演繹」屬「先因後果」。這種「因果邏輯」在哲學上，雖只看成是範疇之一，卻與「諸範疇」息息相關。張立文在《中國哲學邏輯結構論》中說：

> 就彼此相聯繫的範疇而言，中國佛教哲學中的「因」這個範疇，它自身包含著兩個事物或現象的聯繫，這種特定的聯繫，各以對方的存在為自己存在的前提或條件。其內在衝突的伸展，使「因」作為一方與「果」作為另一方構成相對相關的聯繫。範疇這種衝突性格，使自身或與諸範疇都處於相互聯繫、相互轉化之中，並在這種普遍的有機聯繫中，再現

11 鄭頤壽：〈從「章法辭章學」登上「篇章辭章學」的寶座〉，《陳滿銘與辭章章法學》，同本章註 1，頁 292-305。

12 黎運漢：〈陳滿銘對辭章章法學的貢獻〉，《陳滿銘與辭章章法學》，同本章註 9。

13 孟建安：〈陳滿銘與漢語辭章章法學研究〉，《陳滿銘與辭章章法學》，同本章註 6，頁 115-123。

14 王希杰：〈陳滿銘教授和章法學〉，同本章註 6，頁 4-5。

> 客觀世界的衝突及其發展的全進程。[15]

既然「因果」這一範疇能產生「普遍的有機聯繫」，其重要性就可想而知。也就難怪在邏輯學中，會那樣受到普遍的重視，而視之為「律」了。

從另一角度看，「因果律」涉及的是「求同面」之假設性「演繹」與「求異面」之科學性「歸納」，而假設性之「演繹」所形成的是「先因後果」的邏輯層次；與科學性之「歸納」所形成的是「先果後因」的邏輯關係，正好可以對應地發揮證明或檢驗的功能。陳波在其《邏輯學是什麼》一書中說：

> 因果聯繫是世界萬物之間普遍聯繫的一個方面，也許是其中最重要的方面。一個（或一些）現象的產生會引起或影響到另一個（或一些）現象的產生。前者是後者的原因，後者就是前者的結果。科學的一個重要任務就是要把握事物之間的因果聯繫，以便掌握事物發生、發展的規律。[16]

可見「因果邏輯」對「世界萬物之間普遍聯繫」的重要。而這種「因果邏輯」，雖然一度受到羅素（B. Russell, 1872-1970）偏執之影響，使研究沉寂了半個世紀；但到了二十世紀三〇年代後卻有了新的發展。如美國當代哲學家、計算機理論家勃克斯（A. W. Burks），就提出了「因果陳述邏輯」，任曉明、桂起權在《邏輯與知識創新》中介紹說：

---

15 張立文：《中國哲學邏輯結構論》（北京市：中國社會科學出版社，2002 年 1 月一版一刷），頁 11。

16 陳波：《邏輯學是什麼》（北京市：北京大學出版社，2002 年 1 月一版一刷），頁 167。

> 作為一種證明或檢驗的邏輯，因果陳述邏輯在科學理論創新中能否起重要作用呢？答案是肯定的。第一，因果陳述邏輯對於解釋或預見事實有重要意義。就如同假說演繹法所起的作用一樣，因果陳述邏輯可以從理論命題推演出事實命題，或是解釋已知的事實，或是預見未知的事實。這種推演的基本步驟是以一個或多個普遍陳述，如定律、定理、公理、假說等作為理論前提，再加上某些初次條件的陳述，逐步推導出一個描述事實的命題來。這種情形就如同上一節所舉的「開普勒和火星軌道」的例子一樣。第二，因果陳述邏輯對於探求科學陳述之間的因果聯繫，進而對科學理論做出因果可能性的推斷有著重要作用。勃克斯所創建的這種邏輯對科學理論創新的貢獻在於：通過對科學推理的細緻分析，發現經典邏輯的實質蘊涵、嚴格蘊涵都不適於用來刻劃因果模態陳述的前後關係。於是，他提出了一種「因果蘊涵」，進而建立一個公理系統，為科學理論中因果聯繫的探索奠定了邏輯上的基礎。[17]

勃克斯這樣以「因果蘊涵」作為「因果陳述邏輯」的核心概念，而建立了一個「公理系統」，「從具有邏輯必然性的規律或理論陳述中推導出具有因果必然性的因果律陳述，進而推導出事實陳述。這種推導過程，不僅能解釋已知的事實，而且能預見未知的事實。」[18]這在科學理論方面，是有相當大的創新功能的。

---

17 黃順基、蘇越、黃展驥主編：《邏輯與知識創新》（北京市：中國人民大學出版社，2002 年 4 月一版一刷），頁 328-329。

18 黃順基、蘇越、黃展驥主編：《邏輯與知識創新》，同上註，頁 332。

據此可知「因果邏輯」在推導「事實」的過程中的重要性，而這種「因果邏輯」，就像陳波所說的，它是「世界萬物之間普遍聯繫的一個方面，也許是其中最重要的方面」。關於這點，可藉「章法結構」所呈現的層次邏輯系統，來加以驗證。因為「因果邏輯」確實帶有統括「章法結構」之母性[19]，其基本性與普遍性，由此可見。

對此，王希杰在評論臺灣「章法學的方法論原則」時說：

> 有一篇論文，題目叫做〈談詞章學的兩種基本作法：歸納與演繹〉(《中等教育》27 卷 3、4 期，1976 年 6 月)，歸納法和演繹法其實也就是章法學的基本方法。……章法學的成功，是歸納法的成功，這近四十種章法規則是從大量的文章中歸納出來的，一律具有巨大的解釋力，覆蓋面很強。同時也是演繹法的成功的運用，例如《章法學綜論》中的變化律的十五種結構，很明顯是邏輯演繹出來的，當然也是得到許多文章的驗證的。……也成功地運用了比較法。值得一提的是，……大量運用模式化手法。這本是很好的方法，但是我恐怕有些讀者會有不耐煩的感覺，可能產生反感，指責說，把生動活潑形象的文章格式化、公式化、簡單化。我想這可能是一些人不喜歡章法學的原因吧？法則太多，可能顯得繁瑣、瑣碎，使人難以把握的。可貴的是，……並不滿足於單純地「歸納法則」，他們力圖建立統率這些比較具體的法則的更高的原則。[20]

---

19 陳滿銘：〈論因果章法的母性〉，《國文天地》18 卷 7 期（2002 年 12 月），頁 94-101。

20 王希杰：〈陳滿銘教授和章法學〉，同本章註 6，頁 4-5。

要「建立統率這些比較具體的法則的更高的原則」就非靠「演繹法則」不可，而且「演繹」與「歸納」往往是互動的，亦即「歸納」中有「演繹」、「演繹」中有「歸納」，不能分割，而「因果邏輯」就在其中。

——本章相關內容，詳參《章法結構論》第一章與《章法學新論》第一章第一節

第二章
體系的建構過程

由於「基礎性」、「概括性」、「多元性」與「系統性」不是可以截然劃開的，所以在此，分「歸納→演繹」、「演繹→歸納」兩階段，含「基礎性⟷概括性⟷多元性⟷系統性」的螺旋關係，略予說明：

第一節　由「歸納」（果→因）上徹「演繹」（因→果）

辭章章法學的研究，在開始時，獨自摸索了相當長的一段時間。先以捕捉到的有限「章法」或「章法結構」，切入各類文章，作一檢視；再就所發現的「章法」或「章法結構」現象，加以分析、統整，以求得其通則。這樣一步一步走來，才逐漸地集樹而成林，深入了「章法」或「章法結構」的領域，確認了「章法」或「章法結構」是「客觀存在」，而「語文（含章法）能力」是來自「先天」的事實，如此一再地分析、歸納，終於理清整個系統，而成為一門新學科。

數一數近四十多年來所發表的有關「章法」或「章法結構」的論文，有三百多篇。其中最早涉及「章法」類型及其結構的，是〈常見於稼軒詞裡的幾種辭章作法〉（原題〈稼軒詞作法舉隅〉）一文，1974 年 6 月發表於臺灣師大國文系《文風》25 期，所涉及的章（篇）法有「今昔」、「遠近」、「大小」、「虛實」（情、景）、對照

(「正反」)、演繹(「先凡後目」)、歸納(「先目後凡」)等類型及其結構，很湊巧地對應了《文心雕龍．鎔裁》「情經辭緯」[1]之論，結合縱、橫向作說明，這可算是「清醒、自覺」[2] 的初步嘗試。此後又於 1985 年 6 月先發表〈談安排詞章主旨的幾種基本形式〉於臺灣師大《國文學報》14 期，所涉及的章法主要有「凡(總提)目(分應)」、「因果」、「情景」、「問答」、「賓主」、「泛具」(事與情、景與理)、「遠近」、「時空交錯」、「插補」、「實虛」(時、空、真假)、「公私」、「大小」、「今昔」(先後)、「高低」、「正反」、「知覺轉換」與「敘論」等十七類二十種。再於 1985 年 10 月發表〈談運用詞章材料的幾種基本手段〉於《中等教育》36 卷 5 期，所涉及的章法主要有「賓主」、「虛實」(時、空、真假)、「正反」、「本末」、「輕重」、「今昔」(先後)、「遠近」、「大小」、「抑揚」、「敘論」、「凡(總提)目(分應)」、「泛具」(事與情、景與理)與「問答」等十三類十六種。而於 1990 年 5 月發表〈如何畫好國文課文結構分析表〉，收於臺北市教師研習中心編印之《國文教學津梁》，首次提出畫好結構分析表的注意事項，期盼收到拋磚引玉的效果。

除了發表論文之外，先後出版了兩種專書：先是出版於 1999 年 5 月的《文章結構分析——以中學國文課文為例》，選七十五篇作品，每篇都附結構分析表作解析，所涉及的章法主要共有「今昔」(先後)、「天(自然)人(人為)」、「凡(總提)目(分應)」、「高低」、「正反」、「實虛」(時、空、真假)、「泛具」(事與情、景與理)、「遠近」、「知覺轉換」、「因果」、「情景」、「並列」、「內外」、

1 劉勰《文心雕龍．情采》：「情者文之經，辭者理之緯，經正而後緯成，理定而後辭暢，此立文之本源也。」見黃叔琳注、李詳補注：《增訂文心雕龍校注》卷七(北京市：中華書局，2000 年 8 月一版一刷)，頁 415。

2 鄭頤壽：〈臺灣辭章學研究述評及其與大陸的異同比較〉，同第一章註 2，頁 29。

「問答」、「賓主」、「敘論」、「繁（詳）簡（略）」、「點染」、「插補」、「大小」、「平側」（平提側注）、「本末」、「圖（焦點）底（背景）」、「公私」、「抑揚」、「濃淡」、「立破」與「上下」（俯仰）等二十八類三十一種。後是出版於2000年1月的《詞林散步——唐宋詞結構分析》，選一百二十篇作品，每篇也附結構分析表作解析，所涉及的章法主要共有「今昔」（先後）、「泛具」（事與情、景與理）、「點染」、「遠近」、「因果」、「高低」、「情景」、「賓主」、「虛實」（時、空、真假）、「圖（焦點）底（背景）」、「內外」、「知覺轉換」、「凡（總提）目（分應）」、「並列」、「久暫」、「正反」、「問答」、「天（自然）人（人為）」、「深淺」、「上下」（俯仰）、「動靜」、「時空交錯」、「明暗」、「敘論」、「情理」、「敲（旁）擊（正）」、「主（觀）客（觀）」、「繁（詳）簡（略）」與「偏全」等二十九類三十二種。

就在這樣尋找「章法」類型及其結構的同時，也沒有忽略「章法規律」。而最早以「章法規律」來梳理的是〈章法教學〉一文（1983）[3]，它首度以「秩序」、「聯貫」、「統一」等三大規律來規範「章法」類型及其結構，而所涉及的，除「遠近」、「大小」、「今昔」、「本末」、「輕重」、「虛實」與「凡目」外，還兼及詞句、節段的聯貫與主旨的安置（篇首、篇腹、篇末、篇外）等，完全以「章法」類型及其結構為軸心，結合中學之教學來進行探討。這對章法學之研究而言，雖可算是向前推動了一大步，但將「變化律」併入「秩序律」裡，沒有特別加以凸顯，因此仍是有缺憾的。

這種缺憾，一直到1994年，由臺灣師大國文研究所第一個以「章法」為研究主題的碩士班導生仇小屏加入研究行列，才作了彌

3　陳滿銘：〈章法教學〉，《中等教育》33卷5、6期（1983年12月），頁5-15。

補。她在指導下兼顧「基礎性」與「概括性」，以「中國辭章章法析論」為題，第一次用「秩序」、「變化」、「聯貫」（銜接）、「統一」四大律來統合二十幾種「章法」類型及其相關結構，並從古今詩文評點論著中去爬羅剔抉，異中求同、同中求異，尋出它們的理論依據與批評實例，首度呈現了「章法」類型及其結構的大致範圍與內容，成為第一篇研究「章法學」的學位論文。又1999年在她於博一升博二那一暑假，撰寫《篇章結構類型論》（上、下），在進一層的指導與催促下，以「四大規律」統攝，將原有「章法」的內容加以充實，由二十幾種增至三十五種，並針對它所形成的約一百四十五種「結構」類型，除了一一舉實例，附以結構分析表，作相當完整的論述外，也顧到各種章法間的分界，並顧到各種章法間的分界，並涉及其心理基礎與美感效果，提升到「多元性」，作了扼要的說明。

而且又在指導下，進一步針對單一章法，續就「基礎」性，牽扯「多元」層面，於臺灣師大國文研究所陸續完成六篇碩士論文，即夏薇薇《賓主章法析論》（2000年6月）、陳佳君《虛實章法析論》（2001 年 5 月）、涂碧霞《凡目章法析論》（2003 年 8 月）、高敏馨《平側章法析論》（2004年6月）、李靜雯《點染章法析論》（2005年6月）、潘伯瑩《圖底章法析論》（2009年6月）。研討篇章結構的，有顏瓊雯《六一詞篇章結構探析》（2003 年 5 月）、陳怡芬《唐宋古文篇章結構教學析論——以高中國文一綱多本國文課文為研究範圍》（2003年6月）、蘇秀玉《唐宋古文篇章結構析論——以《古文觀止》為研究範圍》（2004 年 4 月）、邱瓊薇《東坡黃州詞篇章結構析論》（2004 年 8 月）、周珍儀《韓愈贈序類散文篇章結構研究》（2005年6月）、廖惠美《杜甫五律登臨詩篇章結構探析》（2005 年 11 月）、毛玉玫《稼軒離別詞篇章結構探析》（2007 年 1

月）、李孟毓：《辭章篇章結構教學研究——以現行高中九八課綱四十篇文言課文為例》（2009 年 1 月）、傅雪芬《古詩十九首篇章結構探析》（2010 年 7 月）等九篇。

此外，又由於章法與章法之間，原本就存在著一些藕斷絲連之關係，因此又特就「概括」層面，歸納某些章法一般性的共同特色，也就是從通則來作大致的分類，製成章法「圖底」、「因果」、「虛實」、「映襯」四大家族分類表加以概括[4]，以供參考。而且在指導下，於臺灣師大國文研究所先後完成兩篇博士論文，即顏智英《辭章章法變化律研究——以古典詩詞為考察對象》（2006 年 6 月）與黃淑貞《辭章章法統一律研究》（2006 年 6 月）。又由於章法結構呈現的是內容材料的邏輯組織與陰陽流動的風格特色，因此也提升到「多元」層面，在指導下，於臺灣師大國文研究所，先後完成江錦玨《古典詩詞義旨探究》（2001 年 6 月）、黃淑貞《辭章主旨（綱領）安置於篇腹的結構類型析論》（2002 年 12 月）、劉文君《詩歌義旨教學之研究——以國中國文教材為例》（2003 年 6 月）、陳靖婷《辭章篇旨教學研究》（2007 年 6 月）、林冉欣《主旨安置在篇外的謀篇形式——以《唐詩三百首》為研究範疇》（2010 年 7 月）、李嘉欣《篇章風格教學析論——以現行高中國文現代散文教材為研究對

4 陳佳君：〈論章法的族性〉，《修辭論叢》（福州市：海潮攝影藝術出版社，2002 年 12 月一版一刷），頁 145-163。對此，黎運漢指出：陳滿銘教授認為：「每種單一的章法，皆有其個別的『特性』（異），因此有它們獨立存在的必要，以適應千變萬化的辭章作品。然而，一個具有科學化和系統性的科學研究，實應兼顧『異』與『同』，將『往下分析深入的瑣細』與『往上融貫提升』的統整，形成互動之關係。』基於這樣的認識，他在確立個別的章法的基礎上，還就其『共性』（同），化繁為簡，系統地整合出章法的四大家族，即以四大家族為綱，統帥各種章法，並詮釋了各家族的主要內涵，理清了各族的共性及其美感。」見《陳滿銘對辭章章法學的貢獻》，同第一章註 9，頁 441。

象》（2009 年 6 月）等六篇碩士論文與蒲基維的《章法風格析論》（2004 年 6 月）一篇博士論文。這些經由指導所完成的論文成果，對文章章法結構的研究與分析而言，無疑地提供了良好的助力。

有了這種助力之同時，自我提升的努力自然就更為加緊，以周邊的基本論著而言，前後出版《國文教學論叢》（萬卷樓圖書公司，1991 年 7 月）、《文章的體裁》（圖文出版事業公司，1993 年 8 月）、《作文教學指導》（萬卷樓圖書公司，1994 年 10 月）、《國文教學論叢續編》（萬卷樓圖書公司，1998 年 3 月）、《文章結構分析——以中學國文課文為例》（萬卷樓圖書公司，1999 年 5 月）、《詞林散步——唐宋詞結構分析》（萬卷樓圖書公司，2000 年 1 月）、《唐宋詞拾玉——以篇章結構分析為軸心》（萬卷樓圖書公司，2010 年 7 月）等。而以核心專著之出版而言，在萬卷樓圖書公司於 2001 年 1 月出版《章法學新裁》、於 2002 年 7 月出版《章法學論粹》，又於 2003 年 6 月以「陰陽二元對待」為基礎，貫通「章法哲學」、「章法結構」、「章法美學」、「比較章法」等內容，先出版《章法學綜論》，再於 2005 年出版《篇章結構學》（萬卷樓圖書公司，2 月）、2006 年出版《辭章學十論》（里仁書局，5 月）與《意象學廣論》（萬卷樓圖書公司，11 月），然後於 2007 年繼續推出《多二一（0）螺旋結構論——以哲學、文學、美學為研究範圍》（文津出版社，1 月）、《章法結構原理與教學》（萬卷樓圖書公司，4 月）與《新編作文教學指導》（萬卷樓圖書公司，7 月），又於 2011 年出版《篇章意象學》（萬卷樓圖書公司，3 月）、於 2012 年出版《章法結構論》（萬卷樓圖書公司，2 月），從各層面與不同角度，嚴密地為辭章章法學與意象學建構了一個完整的體系。不但以「多⟷二⟷一（0）」的螺旋結構將哲學、文學（章法、意象）與美學「一以貫之」，也運用此結構，理清了辭章與章法、內容與章法、章法與主旨、意象、韻律

（節奏）和風格之間的關係，以證明章法及意象規律、結構與自然規律的一體性。以上論著，涉及了「基礎性」、「概括性」、「多元性」、「系統性」與「藝術性」。

這樣，主要由「歸納」而「演繹」，作「由下而上」（也含「由上而下」）的探索，為辭章章法學之建構，架好了上下互動的橋樑。

第二節　由「演繹」（因→果）下徹「歸納」（果→因）

有了這一好橋樑，到了近幾年，則主要由「演繹」而「歸納」，特別注意如下兩個層面作「由上而下」的梳理，以照應「由下而上」的探索：

首先是兼顧直觀與模式：大體說來，語文能力是出自於先天（先驗）的，而章法的研究是成之於後天（後驗）的；前者涉及「直觀」，表現有優有劣，因人而異；後者涉及「模式」，研究有偏有全，又與時俱進。其中直觀表現優異，形成「正偏離」之最高境界者，為數極少，是屬箇中天才，往往成為辭章名家，使「模式」之研究有他們的作品作為分析之依據，尋求其通則，自然其成果能「由偏而全」地日趨成熟；而直觀表現尚可、平庸或拙劣，形成「負偏離」或「零度」者，則佔絕大多數，適合借助模式研究之成果加以指引，使他們「取法乎上」，脫離「負偏離」、「零度」，而接近「正偏離」。如此將天然之「直觀表現」與人為之「模式研究」融而為一，才能使「直觀」有「模式」的自覺、「模式」有「直觀」的提升，永遠推陳出新，繼續拓展出科學化章法學之研究及其應用在語文教育上之無線空間。

由於「章法」或「章法結構」所呈現的為「篇章邏輯」，而「篇章邏輯」又與「篇章風格」息息相關，因此，個人特以「篇章風格論——以直觀表現與模式探索作對應考察」為題[5]，對這「直觀」與「模式」問題作初步之探討，認為：篇章是建立在二元（陰柔、陽剛）互動之基礎上，以呈現其「多、二、一（0）」結構的；而其風格之形成，便與這種由二元（陰柔、陽剛）互動所組織而成之「多、二、一（0）」結構與其「移位」、「轉位」、「調和」、「對比」，息息相關。為此，特以唐詩、宋詞為語料，用這種由二元（陰柔、陽剛）互動所組織成之「多、二、一（0）」的篇章結構與其「移位」（順、逆）、「轉位」（拗）、「調和」、「對比」為依據，對整體結構之陽剛與陰柔消長的情形，進行探討，試予量化，並將這種模式探索之結果對應於傳統直觀表現之結晶作進一步的觀察。結果發現：在篇章風格之審辯上，既要重視後天「模式探索」的成果，也不可忽略先天「直觀表現」的累積。雖然受限於時間與篇幅，只舉幾首詩、詞為例加以說明而已，卻所謂「以個別表現一般，以單純表現豐富，以有限表現無限」[6]，尚可藉以看出兩者之互動關係。如此在「直觀」之外開拓「模式」之空間，以求「有理可說」，相信是大有必要，而且將是大有可為的。為此，又先後發表了〈章法結構與語文能力——以科學研究與客觀存在作對應考察〉與〈論辭章之無法與有法——以客觀存在與科學研究作對應考察〉兩篇文章，強調其重要性[7]。

---

5 陳滿銘：〈篇章風格教學之新嘗試——以剛柔成分之多寡與比例切入作探討〉，《漢學研究與華語文教學》（臺北市：萬卷樓圖書公司，2009 年 9 月初版），頁 41-54。

6 葉朗：《中國美學史大綱》（臺北市：滄浪出版社，1986 年 9 月初版），頁 26。

7 陳滿銘：〈章法結構與語文能力——以科學研究與客觀存在作對應考察〉，《國文天地》27 卷 5 期（2011 年 10 月），頁 82-90。又，陳滿銘：〈論辭章之無法與有法——以客觀存在與科學研究作對應考察〉，彰化師大《國文學誌》23 期（2011 年 12

其次是建構方法論原則或系統：任何一門學術，必定有其方法論原則或系統。而辭章章法學，也不能例外。由於章法學之研究是由「章法現象」切入，先從「現象」（基礎性）中找出「規律」（概括性），再從「求異」（多元性）提升為「求同（系統性），融貫文學、哲學與美學為一的。因此過程是極其緩慢而複雜的。就在此過程中，關於二元「移位」與「轉位」、「調和」與「對比」理論之提出，對「多⟷二⟷一（0）」螺旋結構的確認，是佔有相當重要地位的。而這個問題也在指導下，由仇小屏博士處理，先在「第四屆中國修辭學國際學術研討會」（2002 年 5 月）發表了〈論章法的對比與調和之美〉，然後在福州海潮攝影藝術出版社出版的《辭章學論文集》中發表〈論章法的移位、轉位及其美感〉（2002 年 12 月）；而且又在其博士論文《古典詩詞時空設計之研究》（2001 年 3 月，次年改稱《古典詩詞時空設計美學》，由文津出版社出版）中作了相當深化與拓展之論述。這對於由「二」徹下以統合「多」、徹上以歸根於「一（0）」，從而掌握「章法結構」中因「移位」與「轉位」造成陰陽的流動與力度的變化，甚而試圖破天荒地作辭章剛柔成分之量化，無疑地提供了有力的切入點[8]。就這樣，催生了個人〈章法的「移位」、「轉位」結構論〉一文，於 2004 年 10 月發表於臺灣《師大學報・人文與社會類》，而且又在「移位」、「轉位」之外，尋得「包孕」性質之「二元互動」：即「陰中有陽」、「陽中有陰」，而先後撰成〈章法包孕式結構論——以多二一（0）螺旋結構切入作考察〉一文，於 2006 年 8 月發表於無錫《江南大學學報・人文社會科學版》、〈意象包孕式結構論——以多二一（0）螺旋結構

月），頁 29-63。

8 陳滿銘：〈論東坡清俊詞中剛柔成分之量化〉，《貴州畢節師範高等專科學校學報》22 卷 1 期（2004 年 9 月），頁 11-18。

切入作考察〉，於 2009 年 8 月發表於郴州《湘南學院學報》。

有了此一努力，自然地就提升到從「方法論」這一層面，對「章法結構」作了兼顧「求異」與「求同」的探討，寫成〈論章法結構之方法論系統——歸本於《周易》與《老子》作考察〉、〈論章法四大律之方法論原則——以多二一（0）螺旋結構作系統探討〉與〈試論方法論原則之層次系統——以修辭與章法為考察範圍〉等三篇文章[9]，結果發現：這種以「陰陽二元」之互動為基礎，經「移位」、「轉位」與「包孕」之作用，在「秩序、變化、聯貫、統一」之統攝下，終於形成「多⟷二⟷一（0）」螺旋結構之一貫歷程，都可一一超越「辭章」、「章法結構」，歸本於《周易》與《老子》兩部哲學經典，而提升至「普遍性存在」之高度，亦即方法論原則或系統加以確認。如此更足以確定「二元互動」（移位、轉位、包孕）在辭章「章法結構」與「多⟷二⟷一（0）」螺旋結構中所佔之重要地位。其中「二元」之「移位」與「轉位」所推拓的是各層之「章法結構」，而「二元」之「包孕」所連鎖的是上下層以至於整體之「章法結構」系統，它們功能雖不同，卻都是構成「多⟷二⟷一（0）」螺旋結構之主要內容，缺一不可。就是由於這種「多⟷二⟷一（0）」螺旋性層次系統，在方法論上所佔之重要地位，於是將它應用在辭章創作之評量上，由謝奇懿博士於 2010 年出版《辭章學的螺旋結構及其在寫作評分規準的應用》，又應用到合院建築結構上，由黃淑貞博士於 2012 年出版《建築美

9 陳滿銘：〈論章法結構之方法論系統——歸本於《周易》與《老子》作考察〉，臺灣師大《國文學報》46 期（2009 年 12 月），頁 61-94。又，陳滿銘：〈論章法四大律之方法論原則——以多二一（0）螺旋結構作系統探討〉，臺灣師大《中國學術年刊》33 期「春季號」（2011 年 3 月），頁 87-118。又，陳滿銘：〈試論方法論原則之層次系統——以修辭與章法為考察範圍〉，中山大學《文與哲》學報 20 期（2012 年 6 月），頁 367-407。

學：合院「多二一（0）」結構研究》，都受到學界高度重視。

這樣，主要由「演繹」而「歸納」，作「由上而下」以照應「由下而上」的探索，為辭章章法學之成立，建構了相當完整的螺旋理論體系。以上成果，就涉及了「基礎性」、「概括性」、「多元性」、「系統性」與「藝術性」。這是章法學團隊推動科學化的努力過程。

——本章相關內容，詳參《辭章章法學體系建構叢書》十冊

第三章
體系中的基礎性

辭章章法學是以「二元（陰陽）對待」所形成之「章法類型」與以「移位」、「轉位」、「包孕」所形成之「章法結構」為基礎的。

第一節　章法類型

章法都由「二元（陰陽）」呈現其邏輯關係而形成類型。這種「二元（陰陽）對待」觀念的論述，在我國的哲學古籍裡，很容易找到。其中以《周易》（含《易傳》）與《老子》二書，為最早而明顯。單以《周易》（《易傳》）來看，它以陰陽為其一對基本概念，是由此陰（斷 - -）陽（連 —）二爻而衍為四象，再由四象而衍為八卦、六十四卦的。而八卦之取象，是兩相對待的，即乾（天）為「三連」（☰）而坤（地）為「六斷」（☷）、震（雷）為「仰盂」（☳）而艮（山）為「覆碗」（☶）、離（火）為「中虛」（☲）而坎（水）為「中滿」（☵）、兌（澤）為「上缺」（☱）而巽（風）為「下斷」（☴），而所謂「三連」（陰）與「六斷」（☷）、「仰盂」（☳）與「覆碗」（☶）、「中虛」（☲）與「中滿」（☵）、「上缺」（☱）與「下斷」（☴），正好形成四組兩相對待之關係，以呈現其簡單的「二元對待」之邏輯結構。後來將此八卦重疊，推演為六十四卦，雖更趨複雜，卻依然存有這種「二元對待」的關係， 如「坎（☵）上震（☳）下」（〈屯〉）與「震（☳）上坎（☵）下」（〈解〉）、「艮（☶）

上巽（☴）下」（〈蠱〉）與「巽（☴）上艮（☶）下」（〈漸〉）、「乾（☰）上兌（☱）下」（〈履〉）與「兌（☱）上乾（☰）下」（〈夬〉）、「離上（☲）坤（☷）下」（〈晉〉）與「坤（☷）上離（☲）下」（〈明夷〉）……等，就是如此，以象徵或反映宇宙人生之種種，也為人生行為找出準則，來適應宇宙自然之規律[1]。

到目前為止，已發現之「章法類型」有：今昔、久暫、遠近、內外、左右、高低、大小、視角轉換、知覺轉換、時空交錯、狀態變化、本末、淺深、因果、眾寡、並列、情景、論敘、泛具、虛實（時間、空間、假設與事實、虛構與真實）、凡目、詳略、賓主、正反、立破、抑揚、問答、平側（平提側注）、縱收、張弛、插補、偏全、點染、天（自然）人（人事）、圖底、敲擊[2]……等類型，都由「二元（陰陽）對待」所形成。大抵而論，屬於本、先、靜、低、內、小、近……的，為「陰」為「柔」，屬於末、後、動、高、外、大、遠……的，為「陽」為「剛」[3]。如「今昔」法以「昔」為「陰」而「今」為「陽」、「因果」法以「因」為「陰」而「果」為「陽」、「虛實」法以「虛」為「陰」而「實」為「陽」、「正反」法以「正」為「陰」而「反」為「陽」，而其他的也皆如此，以反映自然的準則。如南朝無名氏的〈子夜歌〉：

---

1 徐復觀：《中國人性論史．先秦篇》（臺北市：臺灣商務印書館，1978 年 10 月四版），頁 202。

2 以上章法，見陳滿銘：《章法學綜論》（臺北市：萬卷樓圖書公司，2003 年 6 月初版），頁 17-32。

3 陳望衡：「《周易》中的剛柔也不只是具有性的意義，它也用來象徵或概括天地、日月、晝夜、君臣、父子這些相對立的事物。而且，剛柔也與許多成組相對立的事物性質相連屬，如動靜、進退、貴賤、高低……剛為動、為進、為貴、為高；柔為靜、為退、為賤、為低。」見《中國古典美學史》（長沙市：湖南教育出版社，1998 年 8 月一版一刷），頁 184。

儂作北辰星，千年無轉移。歡行白日心，朝東暮還西。

這首詩旨在寫怨情，它首先從正面寫，將自己（思婦）的感情譬作「北辰星」；然後由反面寫，將對方的歡行比為「白日」。如此作成「不變」（正）與「變」（反）的強烈對比，以表出強烈怨情[4]。可見此詩主要以「正反」（上層）形成對比，並分別包孕「因果」（底層）結構，以使全詩聯貫在一起。附其結構系統表如下：

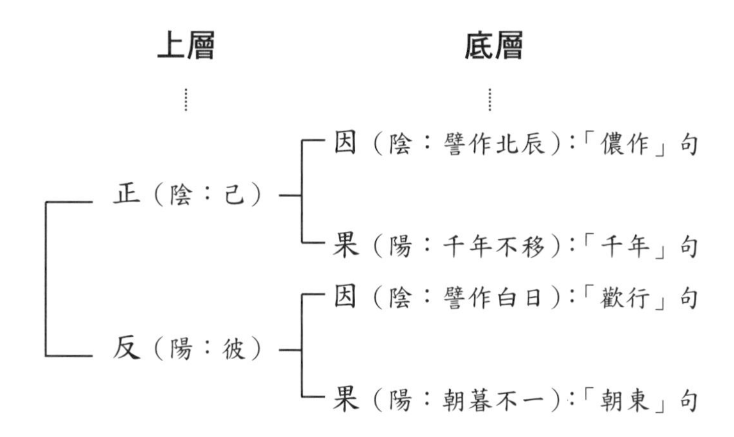

此詩含兩層、三個結構，都以「陰陽二元」相對待而形成。其中「因（陰）果（陽）」兩疊屬於「調和」性、「正（陰）反（陽）」一層屬於「對比」性。其實，「調和」與「對比」兩者，並非永遠都如此，而固定不變。所謂的「調和」，在某個層面來看，指的乃是「對比」前的一種「統一」；而所謂的「對比」，或稱「對立」，

4 此樂府詩由樂秀拔、龔曼群評析，見賀新輝主編：《古詩鑑賞辭典》（北京市：中國婦女出版社，1998 年 12 月一版二刷），頁 1126。

如著眼於進一層面，則形成的又是「調和」或「統一」的狀態；兩者可說是一再互動、循環，而形成「螺旋關係」的。

可見章法類型是全由「陰陽二元」所形成，對此，王希杰指出：

> 章法學研究中，始終貫穿著二元對立的觀念，或者說，二元對立是他們的章法研究中的方法論原則。您瞧：今—昔、遠—近、大—小、高—低、本—末、淺—深、貴—賤、親—疏、插—補、賓—主、虛—實（時、空、真、假）、正—反、抑—揚、立—破、問—答、平—側（平提側注、平提側收）、凡—目、縱—收、因—果、久—暫、內—外、左—右、視角轉換、時—空交錯、知覺轉換、狀態變化、眾—寡、並列、情—景、論—敘、泛—具、詳—略、張—弛、點—染、底—圖、偏—全、天—人（天然—人事）……這是傳統文化在章法學中的成功的運用。這是辯證法的勝利。章法中充滿了辯證法。研究章法就是要抓住對立面，……巧妙地抓住了章法現象中的對立面，這是他們的科學的章法的成功的保證。[5]

而王曉娜也認為：

> 以兩兩相對的形式類比篇章的結構關聯，是……章法體系的第三個顯著的特點。章法體系各個層面的結構關聯，以兩兩相對的形式為主。例如，使上下文得以呼應而銜接的具體方法，賓主、虛實、正反、抑揚、立破、問答、平側、凡目、

5 王希杰：〈章法學門外閑談〉，同第一章註 3，頁 53-57。

> 縱收、因果……等等，都是以篇章成分兩兩相對相成的形式構成的。賓主是以篇章成分在作用上的對立構成的方法，正反是以篇章成分在意義上的對立構成的方法，抑揚是以篇章成分所呈現的主觀色彩的對立構成的方法……等等。這種兩兩相對的篇章結構法的類比，就在豐富繁雜、千變萬化的文章作法之中貫穿了一個最基本最簡單的結構原則。[6]

因此「陰陽二元」可說就是「章法類型」之基礎。

第二節　章法結構

章法是由其「二元（陰陽）」的「移位」或「轉位」與「包孕」而形成其結構的。其中由「移位」呈現「秩序律」、「轉位」呈現「變化律」、「包孕」呈現「聯貫律」，而由「統一律」來作綜合，始終「一以貫之」。

首先看「移位」，乃「陰陽二元」最基本的一種互動，是在對待往來中起伏消息、迭相推移而產生的。因為事物之發展是統一物分裂為兩相對待，而相互作用的過程，而此對待面的相互作用，在《周易》的《易傳》中以相互推移（剛柔相推）、相互摩擦（剛柔相摩）、與相互衝擊（八卦相蕩）等各種表現形式[7]，為順向移位與逆向移位，提出了最精微的論證。

單以〈乾卦〉而言，由初九的「潛龍，勿用」，移向九二的

---

6 王曉娜：〈章法研究的新天地——試論陳滿銘先生的《章法學新裁》〉，《陳滿銘與辭章章法學》同第一章註 1，頁 263-264。

7 馮友蘭：《中國哲學史新編》二（臺北市：藍燈文化公司，1991 年 12 月初版），頁 376。

「見龍在田，利見大人」，移向九三的「君子終日乾乾，夕愓若。厲，無咎」，再移向九四的「或躍在淵，無咎」，復移向九五的「飛龍在天，利見大人」，形成一連串的順向位移。上九，則因已到達了極限、頂點，會由吉變凶，漸次形成逆向移位，開始向對待面轉化，造成另一種轉位，故說是「亢龍有悔」了。可見這種「移位」有順、逆兩種，如配合陰陽之屬性[8]來看，即：

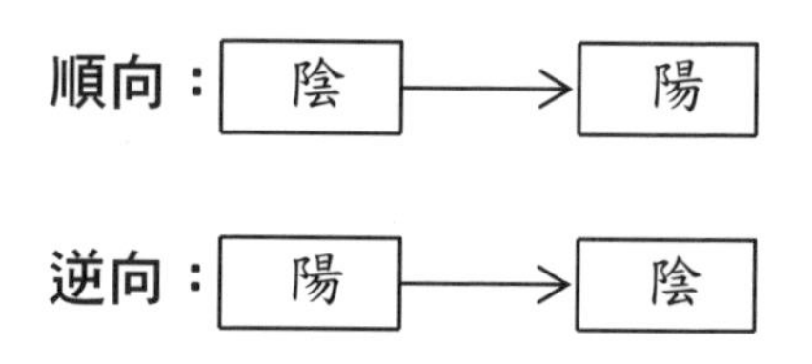

而六爻之所以能夠用以模擬事物的運動變化，是因「六位」能體現「道」的陰陽對待、統一之規律性。而此「六位」原則一確立，整個自然界與人類社會的基本規律全都可加以反映，故〈說卦傳〉將其概括為「分陰分陽」，「六位而成章」，正因「六位」體現著哲學原理。「六爻」體現著事物在一定規律支配下的發展運動過程，從時間性上可劃分為潛在的與暴露出來兩大階段，以一卦的卦象去體現，它的運動變化即可以清楚地瞭解而加以掌握[9]。因此，內外卦之間可以相互往來升降，六個爻畫之間也可以相互往來升降；通過這種往來升降的相互作用，就產生了種種的變化和運動，就產生了一連串的順向移位與逆向移位。這種「移位」全離不開「陰陽」之作用。

落到「章法結構」，舉較常見的幾種來說，它們可就其先後「秩序」，形成如下順向移位與逆向移位：

8 陳望衡：《中國古典美學史》，同第三章註 3，頁 184。

9 徐志銳：《周易陰陽八卦說解》（臺北市：里仁書局，2000 年 3 月初版四刷），頁 60-73。

虛實法：「先虛後實」、「先實後虛」

賓主法：「先賓後主」、「先主後賓」

正反法：「先正後反」、「先反後正」

立破法：「先立後破」、「先破後立」

凡目法：「先凡後目」、「先目後凡」

因果法：「先因後果」、「先果後因」

其次看「轉位」，在「陰陽二元」之互動中，「轉位」是以「移位」為基礎的。由於剛性質的力與柔性質的力相摩，陰陽相索，八卦相蕩，觸類以長，終至合成《周易》六十四卦物物對待、事事交感的旁通系統[10]。如作為天地陰陽對立統一體的〈乾〉、〈坤〉兩卦，以六爻的變化，反映一序列的變化發展過程，產生了位移的情形。若再按陰陽的兩個側面來看，〈乾〉主「統」，居於剛健主導的地位；〈坤〉主「承」，居於含容順從的地位。通過六爻運動變化的展開，又可以揭示出陰陽如何漸次向對待方轉化而互相「移位」、並形成「轉位」的歷程。

由於陰陽相易、生生而一，《周易》哲學發展了一個開放的序列。這一序列正體現在〈乾〉、〈坤〉兩卦的「用九」、「用六」上。因此，「用九」、「用六」並不侷限於〈乾〉、〈坤〉兩卦，而是為六十四卦發其通例，然後每一卦位在九、六互變中，均可一一尋出因「移位」而造成「轉位」的變動歷程。因此，勞思光在論「《易經》中的『宇宙秩序』觀念」時便指出：六十四重卦，以〈既濟〉、〈未濟〉二

---

10 「旁通」，形成了異類相應，也形成「位移」。見曾春海：《儒家哲學論集》（臺北市：文津出版社，1989 年 5 月出版），頁 438。

者為終，「既濟」是「完成」之意，「未濟」則指「未完成」。由〈乾〉、〈坤〉開始，描述宇宙生成運動過程，至〈既濟〉而止；然而，宇宙的生滅變化永不停止，故最後又加一〈未濟〉，以表宇宙變動過程本身的無窮盡[11]。由〈乾〉、〈坤〉，而至〈既濟〉、〈未濟〉，〈序卦〉不但說明了由運動變化而形成秩序的無窮盡歷程，也表示了宇宙萬物由六十四卦的位位互移，運動變化到達極點時，即會形成大反轉，返本而回復其根，形成另一個循環系統。這一個大反轉，就是一個「大轉位」。這種「大轉位」可用下圖來表示：

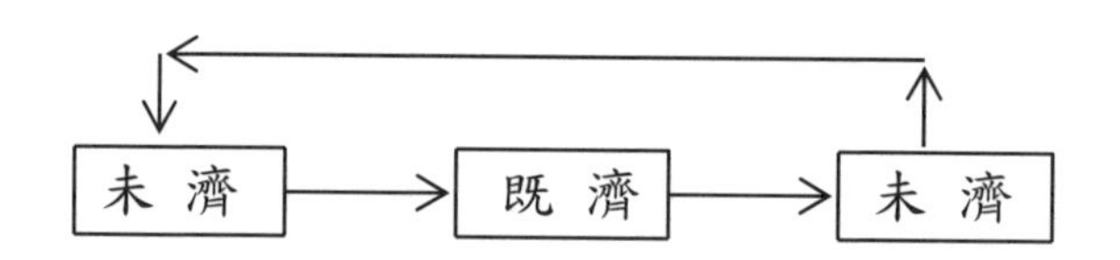

這雖是就「大轉位」而言，但「小轉位」又何嘗不是如此呢？就在這「循環系統」中，自然涵蘊著無限的陰陽之「轉位」如下圖：

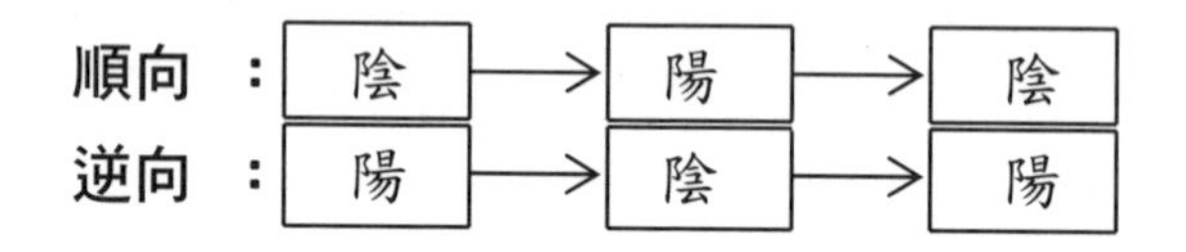

這種「循環系統」，由陰陽剛柔的相摩相推，太儀而兩儀，兩儀而四象，四象而八卦，八卦而六十四卦；再由六十四卦的位位互移、反轉，運動變化到達極點，形成大位移、大反轉，返本而回復其根，使萬物生生而無窮。因此，《周易》講「生生之德」的「生生」，即不絕之意，也深具新陳代謝之意。說明了陰陽變轉，宇宙

11 勞思光：《新編中國哲學史》一（臺北市：三民書局，1984 年 1 月增訂修版），頁 85-86。

萬物就在一次又一次的大小「移位」、「轉位」中，循環往復，永無止境。

落到「章法結構」，同樣以上舉六種章法來看，可形成如下「變化」結構：

虛實法：「虛、實、虛」、「實、虛、實」
賓主法：「賓、主、賓」、「主、賓、主」
正反法：「正、反、正」、「反、正、反」
立破法：「立、破、立」、「破、立、破」
凡目法：「凡、目、凡」、「目、凡、目」
因果法：「因、果、因」、「果、因、果」

然後看「包孕」，經由上述，可知所謂的「二」，即「兩儀」，也就是「陰陽」。而此「陰陽」，不僅是互相對待，而且是互相含融、互相統一的。《老子》所謂「萬物負陰而抱陽，沖氣以為和」，就是這個意思。而在《周易》六十四卦中，除「乾」、「坤」兩卦，一為陽之元，一為陰之元外，其他的六十二卦，全是陰陽互相對待而含容而統一的。《周易・繫辭下》說：「陽卦多陰，陰卦多陽。其故何也？陽卦奇，陰卦偶。」清焦循注云：「陽卦之中多陰，則陰卦之中多陽。兩相孚合捊多益寡之義也。如〈萃〉陽卦也，而有四陰，是陰多於陽，則以〈大畜〉孚之。〈大有〉陰卦也，而有五陽，是陽多於陰，則以〈比〉孚之。設陽卦多陽，則陰卦必多陰，以旁通之；如〈姤〉與〈復〉、〈遯〉與〈臨〉是也。聖人之辭，每舉一隅而已。……奇偶指五，奇在五則為陽卦，宜變通於陰；偶在五則為陰卦，宜進為陽。」[12]可見《周易》六十四卦，有陽卦與陰卦之分，而要分辨陽卦與陰卦，照焦循的意思，是要看「奇在五」或「偶在五」來決定，意即每卦以第五爻分陰陽，如是陽爻則為陽卦，如為陰爻則是陰卦[13]。

用這種分法，《周易》六十四卦剛好陰陽各半，屬於陽卦的是：〈乾〉（下乾上乾）、〈屯〉（下震上坎）、〈需〉（下乾上坎）、〈訟〉（下坎上乾）、〈比〉（下坤上坎）、〈小畜〉（下乾上巽）、〈履〉（下兌上乾）、〈否〉（下坤上乾）、〈同人〉（下離上乾）、〈隨〉（下震上兌）、〈觀〉（下坤上巽）、〈无妄〉（下震上乾）、〈大過〉（下巽上兌）、〈習〉（下坎上坎）、〈咸〉（下艮上兌）、〈遯〉（下艮上乾）、〈家人〉（下離上巽）、〈蹇〉（下艮上坎）、〈益〉（下震上巽）、〈夬〉（下乾上兌）、〈姤〉（下巽上乾）、〈萃〉（下坤上兌）、〈困〉（下坎上兌）、〈井〉（下巽上坎）、〈革〉（下離上兌）、〈漸〉（下艮上巽）、〈巽〉（下巽上巽）、〈兌〉（下兌上兌）、〈渙〉（下坎上巽）、〈節〉（下兌上坎）、〈中孚〉（下兌上巽）、〈既濟〉（下離上坎）。在此三十二卦中，除〈乾〉卦是「全陽」外，屬「多陰」而形成「陽中陰」的包孕式結構的，有六卦，即：〈屯〉、〈比〉、〈觀〉、〈習〉、〈蹇〉、〈萃〉。屬「多陽」而形成「陽中陽」的包孕式結構的，有十五卦，即：〈需〉、〈訟〉、〈小畜〉、〈履〉、〈同人〉、〈无妄〉、〈大過〉、〈遯〉、〈家人〉、〈夬〉、〈姤〉、〈革〉、〈巽〉、〈兌〉、〈中孚〉。屬「陰陽多寡相當」而形成「並列」關係的包孕式結構的，有十卦，即：〈否〉、〈隨〉、〈咸〉、〈益〉、〈困〉、〈井〉、〈漸〉、〈渙〉、

---

12 陳居淵：《易章句導論》（濟南市：齊魯書社，2002 年 12 月一版一刷），頁 209。

13 陽卦與陰卦之分，或以為要看每一卦之爻畫線段的總數來決定，如為奇數屬陽，如是偶數則為陰。見鄧球柏：《帛書周易校釋》（長沙市：湖南人民出版社，2002 年 6 月三版一刷），頁 536。

〈節〉、〈既濟〉。據此，可依序用下圖來表示三種不同的包孕式結構：

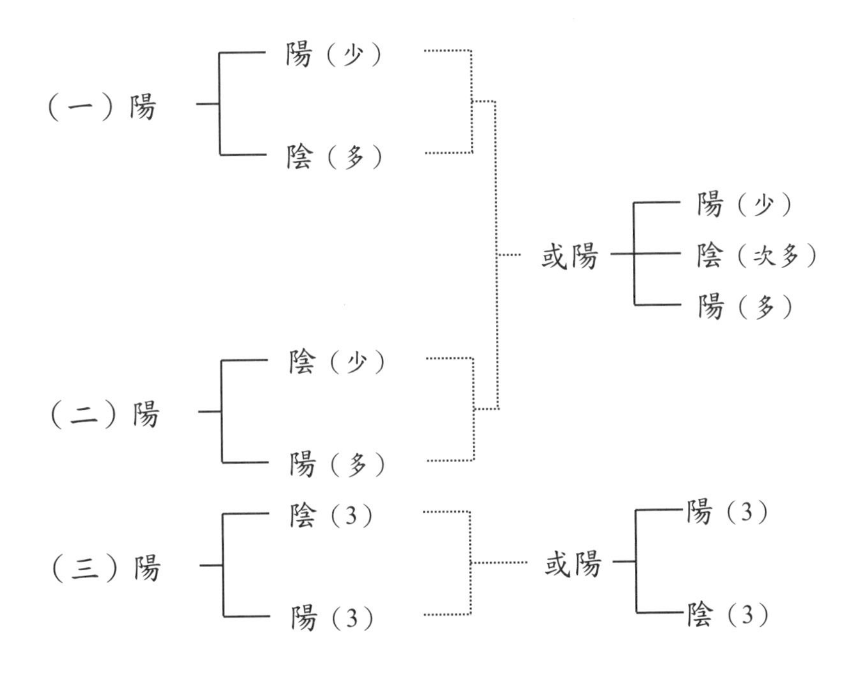

其中（一）、（二）兩種，除與（三）一樣各可形成「移位」結構外，又可合而形成「轉位」結構。屬於陰卦的是：〈坤〉（坤下坤上）、〈蒙〉（下坎上艮）、〈師〉（下坎上坤）、〈泰〉（下乾上坤）、〈大有〉（下乾上離）、〈謙〉（下艮上坤）、〈豫〉（下坤上震）、〈蠱〉（下巽上艮）、〈臨〉（下兌上坤）、〈噬嗑〉（下震上離）、〈賁〉（下離上艮）、〈剝〉（下坤上艮）、〈復〉（下震上坤）、〈大畜〉（下乾上艮）、〈頤〉（下震上艮）、〈離〉（下離上離）、〈恆〉（下巽上震）、〈大壯〉（下乾上震）、〈晉〉（下坤上離）、〈明夷〉（下離上坤）、〈睽〉（下兌上離）、〈解〉（下坎上震）、〈損〉（下兌上艮）、〈升〉（下巽上坤）、〈鼎〉（下巽上離）、〈震〉（下震上震）、〈艮〉（下艮

上艮）、〈歸妹〉（下兌上震）、〈豐〉（下離上震）、〈旅〉（下艮上離）、〈小過〉（下艮上震）、〈未濟〉（下坎上離）。在此三十二卦中，除〈坤〉卦是「全陰」外，屬「多陰」而形成「陰中陰」的包孕式結構的，有十五卦，即：〈蒙〉、〈師〉、〈謙〉、〈豫〉、〈臨〉、〈剝〉、〈復〉、〈頤〉、〈晉〉、〈明夷〉、〈解〉、〈升〉、〈震〉、〈艮〉、〈小過〉。屬「多陽」而形成「陰中陽」的包孕式結構的，有六卦，即：〈大有〉、〈大畜〉、〈離〉、〈大壯〉、〈睽〉、〈鼎〉。屬「陰陽多寡相當」而形成「並列」關係的包孕式結構的，有十卦，即：〈泰〉、〈蠱〉、〈噬嗑〉、〈賁〉、〈恆〉、〈損〉、〈歸妹〉、〈豐〉、〈旅〉、〈未濟〉。據此，可依序用下圖來表示三種不同的包孕式結構：

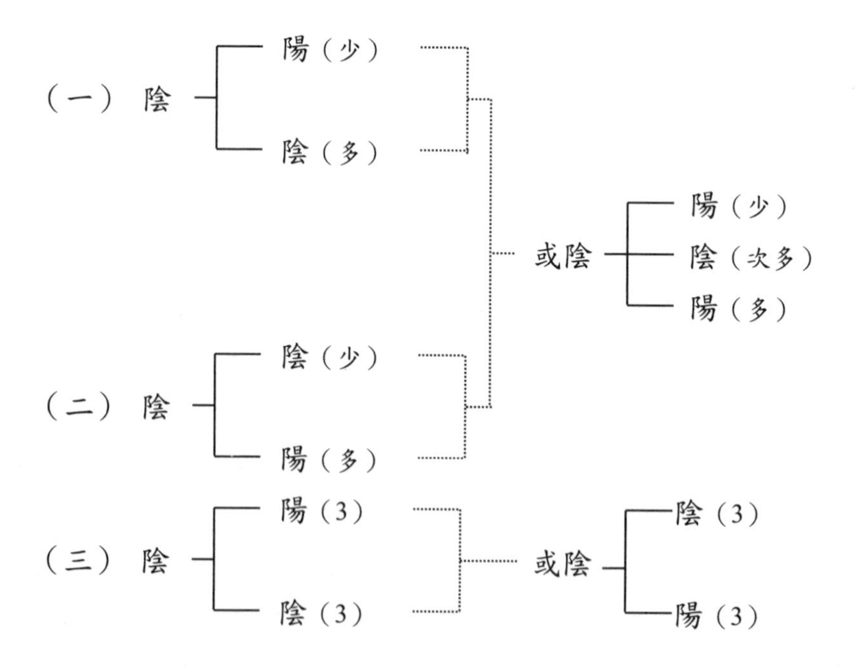

其中（一）、（二）兩種，除與（三）一樣各可形成「移位」結構

外，又可合而形成「轉位」結構。

落到「章法結構」，包孕性二元互動之主要作用是使「章法結構」之上下層，以至於整體都形成「聯貫」。而在此包孕性結構中，係陽剛屬性的有兩種類型：「陽中陽」與「陽中陰」。而陰柔屬性的也有兩種類型：「陰中陰」與「陰中陽」。這些類型，可以出現在同一「章法」，如「因果法」的「果（陽）／因（陰）或果（陽）」，這種情況較少；也可以出現在不同「章法」，如「因果法」與「正反法」的「果（陽）／正（陰）或反（陽）」這種情況較常見；也可以出現在不同「章法」，如「因果法」與「正反法」的「果（陽／正（陰）或反（陽）」這種情況較常見，而由此連接一起。

針對這種「移位」、「轉位」與「包孕」在「章法結構」上之呈現，在此試舉一例加以說明，以見一斑。如李白〈登金陵鳳凰臺〉詩：

> 鳳凰臺上鳳凰遊，鳳去臺空江自流。吳宮花草埋幽徑，晉代衣冠成古丘。三山半落青天外，二水中分白鷺洲。總為浮雲能蔽日，長安不見使人愁。

這首詩藉作者登臺之所見所感，以寫其身世之悲與家國之痛，是用「圖、底、圖」[14]（上層）的結構加以統合的。

14 圖底，章法之一。一般說來，作者在辭章中所用之時、空〔包括「色」〕材料，有一些是充當「背景」用的，也有某些是用來作為「焦點」的。就像繪畫一樣，用作「背景」的，往往對「焦點」能起烘托的作用，即所謂的「底」；而用作「焦點」的，則對「背景」而言，都會產生聚焦的功能，即所謂的「圖」。這種條理用於辭章章法上，也可造成秩序、變化、聯貫的效果，而形成「先圖後底」、「先底後圖」、「圖、底、圖」、「底、圖、底」等結構。見陳滿銘：〈論幾種特殊的章

它首先在起聯，採「先昔後今」(次層)的結構，扣緊「金陵鳳凰臺」，凸出登臨之地點，用「遊」與「去」寫其盛衰，以寓興亡之感；這是頭一個「圖」的部分。接著在頷、頸兩聯，採「先近後遠」(次層)包孕「先近後遠」、「先遠後近」(底層)的結構，先以「吳宮」二句，就「近」寫今日所見「幽徑」與「古丘」之「衰」景，而用「吳宮花草」與「晉代衣冠」帶入昔日之「盛」況，形成強烈對比，以深化興亡之感；後以「三山」二句，將空間拓大，就「遠」寫今日所見「三山」與「二水」一直延伸到「長安」的山水勝景；這對上敘的「臺」或下敘的「人」(不見長安之作者)而言，均有烘托、襯映的作用，是「底」的部分。最後在尾聯，聚焦到自己身上，採「先因後果」(次層)的結構，以「浮雲」之「蔽日」，譬眾邪臣之蔽賢，「長安」之「不見」，喻己之謫居在外，既為自己被排擠出京而憤懣，又為唐王朝將重蹈六朝覆轍而憂慮；這是後一個「圖」的部分。

法〉，臺灣師大《國文學報》31 期(2002 年 6 月)頁 191-196。

附其章法結構系統表供參考：

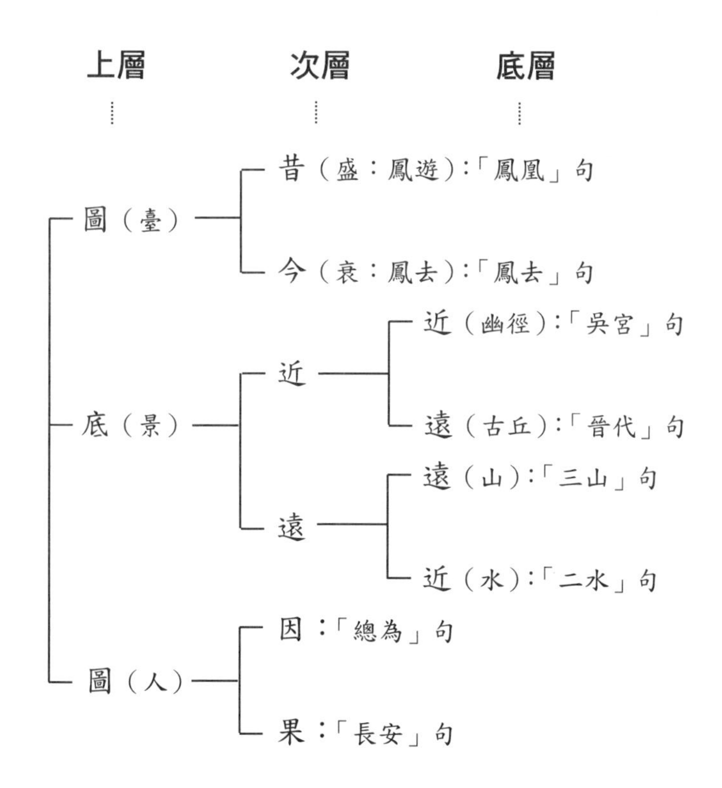

由上表可看出，作者此詩，經過「邏輯思維」作了安排，就最上一層來說，以「圖、底、圖」（一疊）之轉位，造成其往復節奏，以統合各次、底層節奏，串成一篇韻律，而其主旨就出現在後一個「圖」裡，因此可確定此「圖、底、圖」為核心結構；就次層而言，以「先昔後今」、「先近後遠」與「先因後果」等調和性結構，由時、空、事理之移位，造成其往復式節奏，以支撐上一層之「圖、底、圖」；就底層來說，以「先近後遠」（一疊）、「先遠後近」（一疊）調和性結構之空間轉位，造成其往復節奏，以支撐次層之「先昔後今」（一疊）、「先近後遠」與「先因後果」。這樣看

來，本詩是全由調和性之結構所組成的，而其風格也應該趨於純柔才對，但由於其中次層之「先昔後今」與底層之「先近後遠」兩結構，都形成了強烈對比，即一盛（反）一衰（正），且其主旨又在抒發家國之悲；而其中「順」和「逆」並用而產生變化的，除「圖、底、圖」外，還有中間兩聯所形成的「近、遠、近」，這些都使得此詩之風格在「柔」之中帶有「剛」氣，呈現「宏麗壯闊」的風格[15]。如此一來，在對比、變化中就帶有調和、整齊，而在調和、整齊中又含有對比、變化，其「邏輯思維」之精細，是值得人讚賞的。其分層簡圖如下：

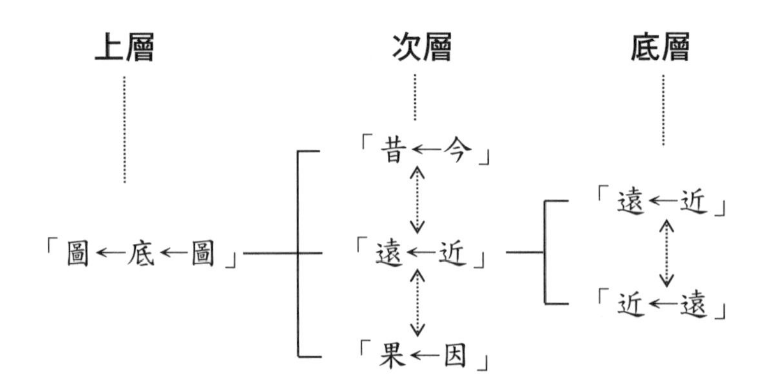

15 張志英評析，見張秉戍主編：《山水詩歌鑑賞辭典》（北京市：中國旅遊出版社，1989年10月一版一刷），頁226。

茲對應於「移位」、「轉位」與「包孕」，將其分層簡圖表示如下：

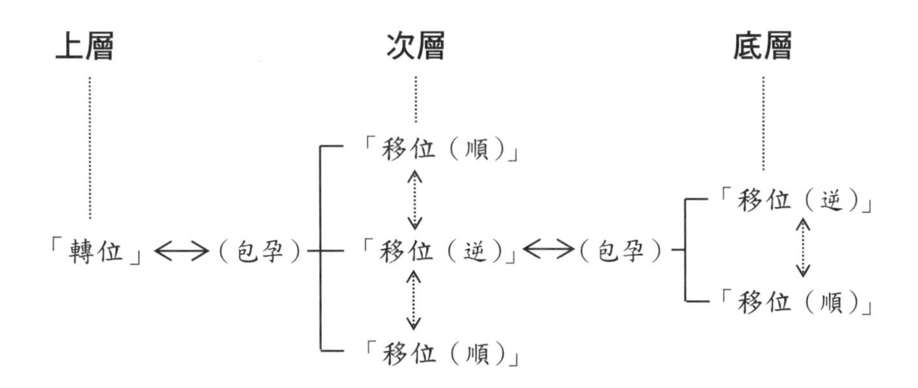

對此，林大礎、鄭娟榕特別強調其中的「移位」與「轉位」，指出：

> 以對立統一規律與美學原理為依據，運用「移位」與「轉位」、「調和」與「對比」理論，深入探尋章法的「位（數）」與「力（勢）」的變化過程，及其所產生的「章法風格」與審美效果。[16]

而孟建安也認為：

> 從章法結構之陰陽、剛柔來說，存在著章法單元和結構單元的「移位」與「轉位」的問題。「移位」說的是章法單元和結構單元的順向、逆向運動，「轉位」說的是章法單元和結構單元的順向和逆向合二為一的運動。而且，「移位」和

16　林大礎、鄭娟榕：〈開闢漢語辭章學的新領域——陳滿銘教授創建辭章章法學評介〉，《陳滿銘與辭章章法學》，同第一章註 1，頁 143。

> 「轉位」在「力」(勢)的程度上是有不同的。陳先生認為,變化強度較弱者是順向之移位,較強者是逆向之移位,而變化強度最激烈者為「轉位」之「拗」。正因為如此,「移位」(順和逆)與「轉位」(拗)所形成的章法風格與所帶出的美感也是有差別的。而推動這些運動的,是陽剛與陰柔之二元力量。如就全篇之「多、二、一(0)」結構來看,則都是由其核心結構發揮徹上徹下的作用逐層予以統合的。[17]

這樣加上「包孕」,涉及聯貫,其統合性自然就更趨完密了。

「辭章章法學」如此奠基於「章法類型」與「章法結構」,鄭頤壽視為「微觀」階段,認為:

> 篇章辭章學微觀的理論,我們認為就是具體的章法理論:今昔、遠近、大小、高低、本末、淺深、貴賤、親疏、插補、賓主、虛實(時、空、真、假)、正反、抑揚、立破、問答、平側等等。我們以為具體章法的數目是變化的,隨著人類認識的深化,總的說來,章法將由三十多種到四十幾種,或更多些,這是一方面;另一方面,由於時代的發展,人們認識的變化,某種章法也有生、旺、衰、滅的過程。[18]

認為「某種章法也有生、旺、衰、滅的過程」,既作了回顧,也具前瞻性。

---

17 孟建安:〈陳滿銘與漢語辭章章法學研究〉,《陳滿銘與辭章章法學》,同第一章註6,頁113-114。

18 鄭頤壽:〈陳滿銘創建篇章辭章學——代序〉,《陳滿銘與辭章章法學》,同第一章註1,頁(7)。

以上所論「二元（陰陽）對待」所形成之「章法類型」與以「移位」、「轉位」、「包孕」所形成之「章法結構」，就「辭章章法學」的建構而言，是屬於「基礎」層面。

——本章相關內容，詳參《章法學綜論》第二章第一節、第三章第一節、第四章，《篇章結構學》第三章第一節，《多二一（0）螺旋結構論》第三章第二節，《章法結構原理與教學》第二章，《唐宋詞拾玉》，《篇章意象學》第三章，《章法結構論》第二、三、四章，《章法學新論》第一、二、三章與《〈四書〉義理螺旋結構析論》

第四章
體系中的概括性

辭章章法學是以「章法規律」與「章法族系」將「章法類型」與「章法結構」加以概括，以建構其理論的。

第一節　章法規律

章法由其「二元（陰陽）」的「移位」或「轉位」與「包孕」而形成其結構，其中由「移位」呈現「秩序律」、「轉位」呈現「變化律」、「包孕」呈現「聯貫律」，而由「統一律」來作綜合，始終「一以貫之」。

此四律乃先由「秩序」而「變化」而「聯貫」，然後趨於「統一」。這種道理可見於《周易》。一般說來，趨於「統一」必涉及「調和」與「對比」，而所謂「調和」，是對應於「陰」與「柔」來說的；至於所謂「對比」，是對應於「陽」與「剛」而言的[1]。如說得徹底一點，即一切「調和」與「對比」，都是由於陰（柔）陽（剛）相對、相交、相和的結果。《易傳》云：

---

[1] 仇小屏：「造成最明顯、最大美感的，還是『對比』與『調和』兩種型態，因為『對比』會形成極大的反差，因此有強健、闊達、華美之感，所以趨向於『陽剛』；而『調和』則因質性之相近，產生優美、融洽、鎮靜、深沉等情緒，因此自然趨向於『陰柔』。」見《古典詩詞時空設計美學》（臺北市：文津出版社，2002年11月初版一刷），頁332。

> 一陰一陽之謂道。(〈繫辭上〉)
>
> 剛柔者,立本者也;變通者,趣時者也。(〈繫辭下〉)
>
> 剛柔相推而生變化。……變化者,進退之象也;剛柔者,晝夜之象也。(〈繫辭上〉)
>
> 窮則變,變則通,通則久。(〈繫辭上〉)
>
> 天尊地卑,乾坤定矣;卑高以陳,貴賤位矣;動靜有常,剛柔斷矣。(〈繫辭上〉)
>
> 乾坤其易之門邪!乾,陽物也;坤,陰物也。陰陽合德而剛柔有體,以體天地之撰,以通神明之德。(〈繫辭下〉)
>
> 天地絪縕,萬物化醇,男女構精,萬物化生。(〈繫辭下〉)

陰陽乃一切秩序、變化、聯貫之根源,就拿八卦與由八卦重疊而成的六十四卦來說,即全由陰陽二爻所構成,以象徵並概括宇宙人生各種「秩序⟷變化⟷聯貫」的轉化,〈說卦〉說的「觀變於陰陽而立卦」,就是這個意思。

《周易》就這樣以為陰陽在相對、相交、相和之作用下,變而通之,通而久之,於是創造了天地萬物(含人類),經由「秩序⟷變化⟷聯貫」的轉化而達於「統一」的境地[2]。這種多種多層「陰陽」的「統一」,可說是剛柔之統一,是剛柔相濟的,如以天地(乾坤)、晝夜、高低、男女、尊卑、進退、貴賤、動靜而言,

---

2 陳望衡:「《周易》中的陰陽理論強調的不是相反事物的對立,而是相反事物的相交、相和。《周易》認為,陰陽相交是生命之源,新生命的產生不在於陰陽的對立,而在陰陽的交感、統一。因此陰陽的相合不是量的增加,而是新質的產生,是創造。因此,陰陽相交、相合的規律就是創造的規律。」見《中國古典美學史》,同第三章註 3,頁 182。

天（乾）、晝、高、男、尊、進、貴、動等為剛為陽，地（坤）、夜、低、女、卑、退、賤、靜等為柔為陰，它們是相應地相對而為一的。而且這兩相對待者，無論「秩序⟷變化⟷聯貫」，不是以「對比」（正反或正/反）方式作統一，就是以「調和」（正正、反反或正/正、反/反）方式統一在一起。如見於〈雜卦〉的剛和柔、樂與憂、與和求、起和止。衰和盛、時和災、見和伏、速和久、離和止、外和內、否和泰、去故和取新、多故和親寡、上和下……等等，其中除了起和止、速和久、外和內、上和下等，未必形成「對比」而有「調和」可能性外，其餘的都比較偏向於「對比」，而都產生「統一」的作用。至於如《家人・彖傳》:「父父，子子，兄兄，弟弟，夫夫，婦婦，而家道正，正家而天下定矣」，又所謂的「天高地低比附為天尊地卑」，即屬「調和」;《易傳》是如此，就是在《易經》裡，也一樣值得注意。譬如它的八卦，即以乾與乾、坤與坤、坎與坎、離與離、震與震、艮與艮、巽與巽、兌與兌等的重疊而形成了「調和」。

從傳承觀點來看，《周易》這種陽剛和陰柔相對（對比）而又相濟（調和）為一之思想，可推源到「和」的觀念，而它始於春秋時之史伯，他從四支（肢）、五味、六律、七體（竅）、八索（體）、九紀（臟）到十數、百體、千品、萬方、億事、兆物、經入、姟極，提出「和」的觀點[3]，「作為對事物的多樣性、多元性衝突融合的體認」[4]，而後到了晏子，則作進一步之論述，認為「和」是指兩種相對事物之融而為一，即所謂「清濁、小大、短

---

3 《國語・鄭語》,《新譯國語讀本》(臺北市：三民書局，1995 年 11 月初版)，頁 707-708。

4 張立文：《中國哲學邏輯結構論》，同第一章註 15，頁 22。

長、疾徐、哀樂、剛柔、遲速、高下、出入、周疏，以相濟也」[5]。如此由「多樣的和（統一）」（史伯）進展到「兩樣（對待）的和（統一）」（晏子），再進一層從對待多數的「兩樣」中提煉出源頭的「剛柔」（陰陽），而成為「剛柔（陰陽）的統一」（《易傳》），形成了「『多』（多樣事物、多樣對待）→ 『 二』（剛柔、陰陽）→『一』（統一）」的順序，進程逐漸是由「委」（有象）而追溯到「源」（無象），很合於歷史發展的軌跡。如此統攝「移位」、「轉位」、「包孕」的「多樣」與「陰陽」（剛柔）、「對比、調和」的「兩樣」，凸顯了「統一律」的系統性[6]。

這樣落於辭章上來說，「統一」指的就是內容（包含內在的情理與外在的材料）在「對比」、「調和」上的通貫，如要達此目的，則非訴諸「主旨」（含綱領）與「風格」（剛柔）不可。而「主旨」（含綱領）與「風格」（剛柔）是一篇辭章之靈魂，與「章法結構」是一體一用的關係，是分隔不開的。

茲舉蘇軾〈浣溪沙〉組詞五首之最後一首為例，以見一斑：

軟草平莎過雨新，輕沙走馬路無塵。何時收拾耦耕身。

日暖桑麻光似潑，風來蒿艾氣如薰。使君元是此中人。

---

5 《左傳・昭公二十年》，楊伯俊：《春秋左傳注》（臺北市：源流文化公司，1982 年 4 月再版），頁 1419-1420。

6 「對比」與「調和」是造成美感的兩種基本的類型，夏放談到「總體組合關係」時說道：「從構成形式美的物質材料的總體關係來說，最基本的規律是多樣的統一。平時所謂的和諧美，意即是多樣而統一。……多樣的統一包括兩種基本類型：一種是多種非對立因素相互聯繫的統一，形成一種不太顯著的變化，謂之調和式統一，一種是各種對立因素之間的相反相成，對立造成和諧，形成對立式統一。」見《美學：苦惱的追求》（福州市：海峽文藝出版社，1988 年 5 月一版一刷），頁 108。

這套組詞有總題序云：「徐門石潭謝雨，道上作五首。潭在城東二十里，常與泗水增減，清濁相應。」知此全是為徐門石潭謝雨而寫，都作於元豐元年（1078），東坡知徐州時。它藉村道上雨後景物之美好，抒發喜悅之餘的隱退情思，為東坡「清峻」作品之一。

它一開篇就由實空間切入，以「軟草」二句，特別著眼於「道旁」（遠）的莎草與道中的輕沙，寫走在「道上」（近）所見道旁雨後的清新景象，預為下句敘隱逸之思鋪路。接著由實轉虛，將時間推向未來，以「何時」句，即景抒情，抒發了隱退的強烈意願。繼而以「日暖」二句，又回到實空間，特別著眼於「桑麻」的光澤與「蒿艾」的香氣，應起寫走在道上所見雨後的另一清新景象，以強化隱逸之思；最後以結句，主要著眼於實時間，寫此時所以會有強烈的隱退意願，是由於自己原本就來自於田野的緣故。這樣用「實（空）、虛（時）、實（空、時）」（上層）的結構來統合材料，將隱逸之旨表達得極為明白。就在兩個「實」（空）的部分裡，則採「遠、近、遠」（次層）的結構來寫。先在上片，就「遠、近」，藉路中之所見（實），以引發感觸（虛）；在下片，就「遠」，藉路旁之所見（實），以引發感觸（虛）；使人強烈地感受到農村蓬勃之生氣，而作者因來自農村，歸隱田園的念頭也因而帶了出來，形成「清峻」風格。

附其章法結構系統表如下：

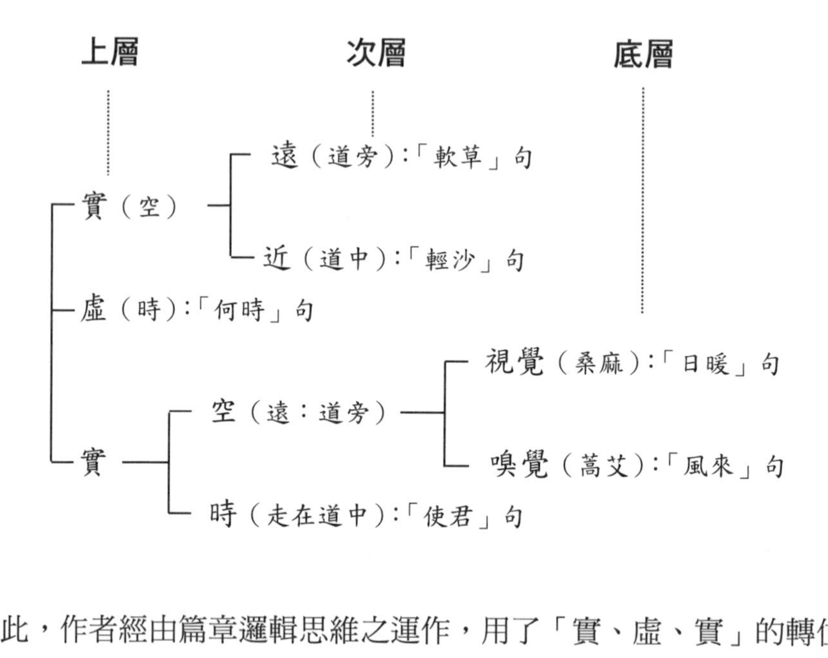

在此，作者經由篇章邏輯思維之運作，用了「實、虛、實」的轉位結構與「遠近」（逆）、「時空交錯」（逆）與「知覺轉換（視覺、嗅覺）」（順）的移位結構，形成其調和性之篇章結構。

如對應於「移位」、「轉位」、「包孕」與「四律」，將其分層簡圖表示如下：

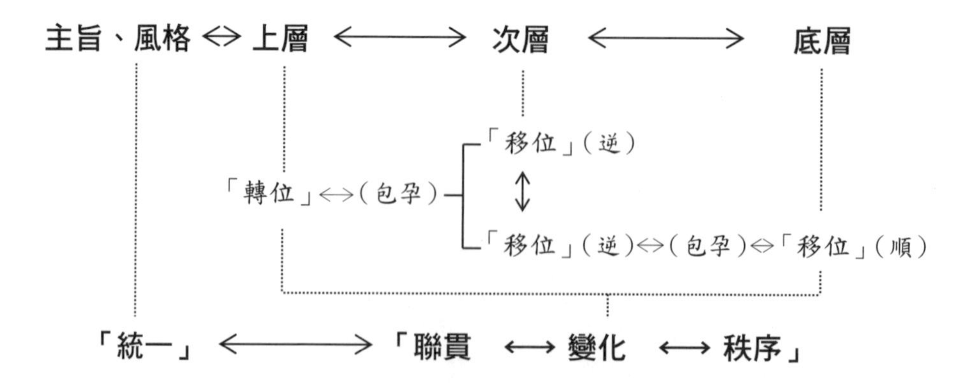

由此可見「章法四律」對篇章結構之概括功能。

對此，王希杰指出「章法四大律」：

> 這是……章法學大廈的四根支柱。這是……對章法學的貢獻。中國傳統的章法研究已經是很豐富的了，文論、詩話、詞話、曲話、藝概中就有許多關於章法的言論。劉勰的《文心雕龍》中對章法的研究已經是很像樣的了，有一些非常精彩的觀點。但是像……這樣一來以四大規律來建立章法學理論大廈，這還是第一次。……四大規律，都是文章的「內容的形式」方面的規律。四大規律又分為兩個不同的層次。第一個層次是局部和整體的對立，前三者的規律其實是局部的規律，其中貫穿著客觀和主觀、常規和超常的對立。……（第二個層次是）統一律是同秩序律、變化律以及聯貫律相對的，是高於三者之上的規律，對三者有著統帥和制約的作用，它的目的是要保持整個篇章的和諧統一。這是因為，局部服從整體，整體大於局部，整體統帥、制約著局部。所以，統一律其實不僅僅是一個「材料情意的連貫」的問題。……是把「統一律」當作最高原則的。[7]

而黎運漢也認為：

> 以四大規律統帥各種章法。……例如：秩序律，秩序是將材料依序加以整齊安排的意思依序形成的章法結構。……變化律，變化是把材料的次序加以參差安排的意思，依變化形

[7] 王希杰：〈章法學門外閑談〉，同第一章註3。

成……章法結構。……聯貫律，聯貫是就材料先後的銜接或呼應來說的。任何一種章法都可由局部的「調和」與「對比」，形成銜接或呼應，而達到聯貫的效果。……統一律，統一是就材料情意的通貫來說的。辭章要達成「統一」，必須訴諸主旨（情意）與綱領（大都為材料）。……這樣以四大規律為綱，以各種章法為目，綱舉目張，條分縷析，且有翔實的語料佐證，就形成了一個比較系統的章法本體內部規律體系。這個規律體系是……首創，有較高的科學性，又便於操作，為章法學的科學品格提升了價位。[8]

「章法四大律」之重要性，由此可見。

——本節相關內容，詳參《章法學綜論》第二章第二節、第三章第二節，《篇章結構學》第三章第二節，《多二一（0）螺旋結構論》第三章第一節，《章法結構原理與教學》第五章第一節，《章法結構論》第二、三、四章，《章法學新論》第四章

8 黎運漢：〈陳滿銘對辭章章法學的貢獻〉，《陳滿銘與辭章章法學》，同第一章註 9，頁 57-59。

第二節　章法家族

到目前為止，已經發現和確立的章法，約四十種。而每種單一的章法，皆有其個別的「特性」(異)，因此有它們獨立存在的必要，以適應千變萬化的辭章作品。然而，一個具有科學化和系統性的學科研究，實應兼顧「異」與「同」，將「往下分析深入」的鎖細（異）與「往上融貫提升」的統整（同）形成互動之關係[9]，因此，除了一一確立個別的章法之外，還必須往上就其「共性」(同)，化繁為簡，有體系的整合出章法的幾大家族，一方面使學科邁向精緻化和系統化，一方面亦使章法能利於廣泛應用。

家族的「共性」(同)，即「族性」，而所謂的「族性」，指的即是某些章法所共同具有的特色。在目前所開發出來的近四十種章法中，依其族性，大致可分為圖底、因果、虛實、映襯等四大家族。

以「圖底」家族而言，所謂「圖」，指的是焦點，所謂「底」，則是背景，「底」的作用乃在烘托焦點，而「圖」則有聚焦的功能。「一般說來，作者在辭章中所用之時、空（包括色）材料，有一些是充當『背景』用的，也有某些是用來作為『焦點』的。就像繪畫一樣，用作『背景』的，往往對『焦點』能起烘托的作用，即所謂的『底』；而用作『焦點』的，則對『背景』而言，都會產生聚焦的功能，即所謂的『圖』。」[10] 由此可見，圖底章法可就時間與空間而言，它可以收編各種時空類的章法，形成一大家族。以「因果」家族而言，由於根據事（情）理的展演來組織篇章，會在辭章作品中，形成極具特色的邏輯條理，而且這一類的章法，皆具

9　陳滿銘：《章法學新裁・卻顧所來徑：代序》(臺北市：萬卷樓圖書公司，2001 年 1 月初版)，頁 10。

10　陳滿銘：〈論幾種特殊的章法〉，同第三章註 14。

有廣義的因果關係，因此，也就有了因果家族。以「虛實」家族而言，由於根據事（情）理的展演來組織篇章，會在辭章作品中，形成極具特色的邏輯條理，而且這一類的章法，皆具有廣義的因果關係，因此，也就有了因果家族。以「映襯」家族而言，在目前所能掌握的約四十種章法中，有一大類是利用人事物之間相對、相反，或相類、相似的性質為內容材料，來組織篇章，凸顯主要義旨，故各章法單元之間，有些會呈現映照、對比的關係，有些則會呈現襯托、調和的關係，統括來說，這類章法皆是通過對比或調和的方式，構成相互映襯的關係，故稱之為「映襯家族」[11]。

雖然這些章法家族的族性鮮明，並且有其獨特的美感效果，但章法與章法之間，原本就存在著一些藕斷絲連的關係，因此，探討族性的工作，可以說是就更開闊的角度，來歸納某些章法一般性的共同特色，也就是從通則來作大致的分類，是故將某章法歸入某族，雖有其根據，但並非意味著一種絕對性的劃分，事實上還需注意某些特例，以及跨族性的章法，或是各章法、各家族之間細微的重疊性等層面，而此部分的研究，是要進一步加以全面探討的[12]。

---

11 羅君籌曾提出所謂「襯筆」，並表示：「為渲染文情，擷取與題相稱之事物，以反映或襯托本文，謂之襯筆。」見羅君籌：《文章筆法辨析》（香港：上海印書館，1971 年 6 月初版），頁 534。又，成偉鈞等人針對「襯托」之篇章修飾法說：「襯托是利用事物與事物之間或相類、或相似、或相對、或相反的關係，兩物並出，形成對照、對比或烘托，使要凸出的事物更為凸出。」見成偉鈞等：《修辭通鑑》（臺北市：建宏出版社，1996 年 1 月初版），頁 814。由於「襯托」一詞，一般較偏向質性接近的兩事物間，相形相襯的作用，故此處使用較寬泛的「映襯」一詞，作為章法家族之名稱，以總納因不同類事物而形成對比關係的章法，與同類事物而具有調和關係的章法。比如譚永祥就說明「映襯」是映照與襯托，並提出：對照側重於一個「比」字，而襯托則側重在一個「襯」字。參見譚永祥：《漢語修辭美學》（北京市：北京語言學院出版社，1992 年 12 月初版），頁 367-374。

12 以上論述「章法族性」之部分，參見陳佳君：〈論章法的族性〉，《辭章學論文集》（上），同第二章註 4。

附章法家族分類表如下：

<table>
<tr><th>家族</th><th colspan="2">章法</th><th>美感</th></tr>
<tr><td rowspan="2">圖底家族</td><td>時間類</td><td>1.今昔法 2.久暫法 3.問答法</td><td rowspan="2">立體美</td></tr>
<tr><td>空間類</td><td>1.遠近法 2.大小法 3.內外法
4.高低法 5.視角變換法
6.知覺轉換法 7.狀態變化法</td></tr>
<tr><td>因果家族</td><td colspan="2">1.本末法 2.淺深法 3.因果法 4.縱收法</td><td>層次美</td></tr>
<tr><td rowspan="3">虛實家族</td><td>具體與抽象類</td><td>1.泛具法 2.點染法 3.凡目法
4.情景法 5.敘論法 6.詳略法</td><td rowspan="3">變化美</td></tr>
<tr><td>時空類</td><td>1.時間的虛實法 2.空間的虛實法
3.時空交錯的虛實法</td></tr>
<tr><td>真實與虛假類</td><td>1.設想與事實的虛實法
2.願望與實際的虛實法
3.夢境與現實的虛實法
4.虛構與真實的虛實法</td></tr>
<tr><td rowspan="2">映襯家族</td><td>映照類</td><td>1.正反法 2.立破法 3.抑揚法
4.眾寡法 5.張弛法</td><td rowspan="2">映襯美</td></tr>
<tr><td>襯托類</td><td>1. 賓主法 2. 平側（平提側注）法
3. 天人法 4. 偏全法 5. 敲擊法
6. 並列法</td></tr>
</table>

以上章法的四大家族，都包含了「調和」與「對比」的兩種類型。如果由此切入，則近四十種章法，則顯然又可以用「調和」與「對比」加以統合。也就是說，在「（0）一、二、多」邏輯原理的涵蓋

下，章法結構所體現的正是取「二」為中，以徹上徹下的現象，因此必然會呈現二元對待的情形，所以從二元對待的角度切入，凸出「調和」與「對比」，最能掌握章法結構在徹上、徹下的統合作用。

因此，約四十種章法所形成的二元對待的結構，雖看似型態紛繁，而實則可以用「對比」與「調和」加以統括。將此種「對比」與「調和」的觀念，落實到章法上，則意味著章法的二元結構不是以對比的方式、就是以調和的方式來造成對待；所以從這個角度，掌握了「二」(「調和」與「對比」)，對章法加以分類，當然就容易往下統合各種章法結構所形成之「多」，並且往上貫通章法二元對待的「一（0）」源頭，以凸顯主旨，從而探求出所造成的美感效果。

基於上述的推論，章法除上述四大家族外，又可依此大致分作三類：對比類、調和類、中性類。運用前二類章法時，在材料的選取上，就必然會選用對比或調和的材料，因此毫無疑問地會造成對比美或調和美；而且在此二類之下，針對材料的來源，還可再分成三類，即同一事物造成對待者、不同事物造成對待者，以及皆有可能者。至於第三類章法則是二元所造成的對待關係尚未確立，可能是對比、也可能是調和，必須進一步檢視所選用的材料，才可以確定造成的是對比或是調和的關係，因此稱作中性類；而且此類所涵蓋的章法甚多，其中又以用「底」來襯托「圖」者最多，因此可以區分出圖底類，無法歸入此類者，皆歸入其他類。不過需要說明的是：插敘法、補敘法無法列入此三類中。那是因為此二種章法是與文章的主體產生對待關係，無法單獨明確地抓出對比或調和的關係，所以不加以分類。

關於各個章法詳細的歸類，可以參看下表[13]：

對比類	•同一事物：立破法、抑揚法、縱收法 •不同事物：正反法 •兩者皆可：張弛法
調和類	•同一事物：本末法、淺深法、因果法、泛具法、凡目法、平側法、點染法、偏全法 •不同事物：賓主法、並列法、情景法、論敘法、敲擊法 •兩者皆可：知覺轉換法
中性類	•圖底類： •時空類：今昔法、久暫法、遠近法、內外法、左右法、高低法、大小法、視角變換法、時空交錯法 •虛實類：空間的虛實法、時間的虛實法、假設與事實法 •其他類：詳略法、天人法、眾寡法、圖底法、狀態變換法、問答法

以上兩種統合都各有其依據，可助大眾對章法的認識與了解。此外，如此深入章法現象，來嘗試理清其內在的理則，相信對於章法學的研究，也是會有助益的。以下舉一例作說明，如李文炤〈儉訓〉：

> 儉，美德也，而流俗顧薄之。
>
> 貧者見富者而羨之，富者見尤富者而羨之。一飯十金，一衣

---

13 這種歸類表，由仇小屏所提供。見陳滿銘：《章法學綜論》，同第三章註 2，頁 457-458。

> 百金，一室千金，奈何不至貧且匱也？每見閭閻之中，其父兄古樸質實，足以自給，而其子弟羞向者之為鄙陋，盡舉其規模而變之，於是累世之藏，盡費於一人之手。況乎用之奢者，取之不得不貪，算及錙銖，欲深谿壑；其究也，諂求詐騙，寡廉鮮恥，無所不至；則何若量入為出，享恆足之利乎？且吾所謂儉者，豈必一切捐之？養生送死之具，吉凶慶弔之需，人道之所不能廢，稱情以施焉，庶乎其不至於固耳。

此文旨在勉人養成節儉美德，以免因奢侈浪費而寡廉鮮恥，無所不至，用「先凡（總提）後目（分應）」（上層）的結構統合而成。

「凡」的部分為起段，採「先正後反」（次層）的結構，用開門見山的方式，提明「儉」是美德（正），而流俗卻反而輕視它（反），作為全篇總冒，以統攝下文。而「目」的部分，則論「流俗顧薄之」，即次段；然後回到正面來論「儉美德也」，即末段。就在論「流俗顧薄之」的次段，作者採「先反後正」（次層）先從反面包孕「先因後果」（三層）、「先論後敘」、「先因後果」（四層）與兩疊「先因後果」（底層）的結構，首以「貧者見富者」五句，泛論因奢侈而致「貧且匱」的道理；次以「每見閭閻之中」七句，舉常例來說明因奢侈而致敗家的必然後果；末則依序以「況乎用之」四句，指出「奢者」之慾望無窮，以「其究也」四句，指出這樣的結果是「寡廉鮮恥，無所不至」，以「則何若」二句，由反面轉到正面，勸人節儉以享恆足之利。至於論「儉美德也」的末段，作者採「先問後答」（三層）的結構，特以「且無所謂」二句作一激問，帶出「養生送死」四句的回答，指明「儉」不是要捐棄一切，而是要在「人道」上「稱情以施」，以免流於固陋。

作者就這樣一面以「正」和「反」作成鮮明「對比」，以貫穿「凡」和「目」，一面又以「因」和「果」、「敘」和「論」、「問」和「答」，兩兩呼應，形成「調和」，使得此文在「對比」中帶有「調和」，將全文聯貫成一個整體，成功地闡發了「儉美德也」的道理。

附其結構系統表如下：

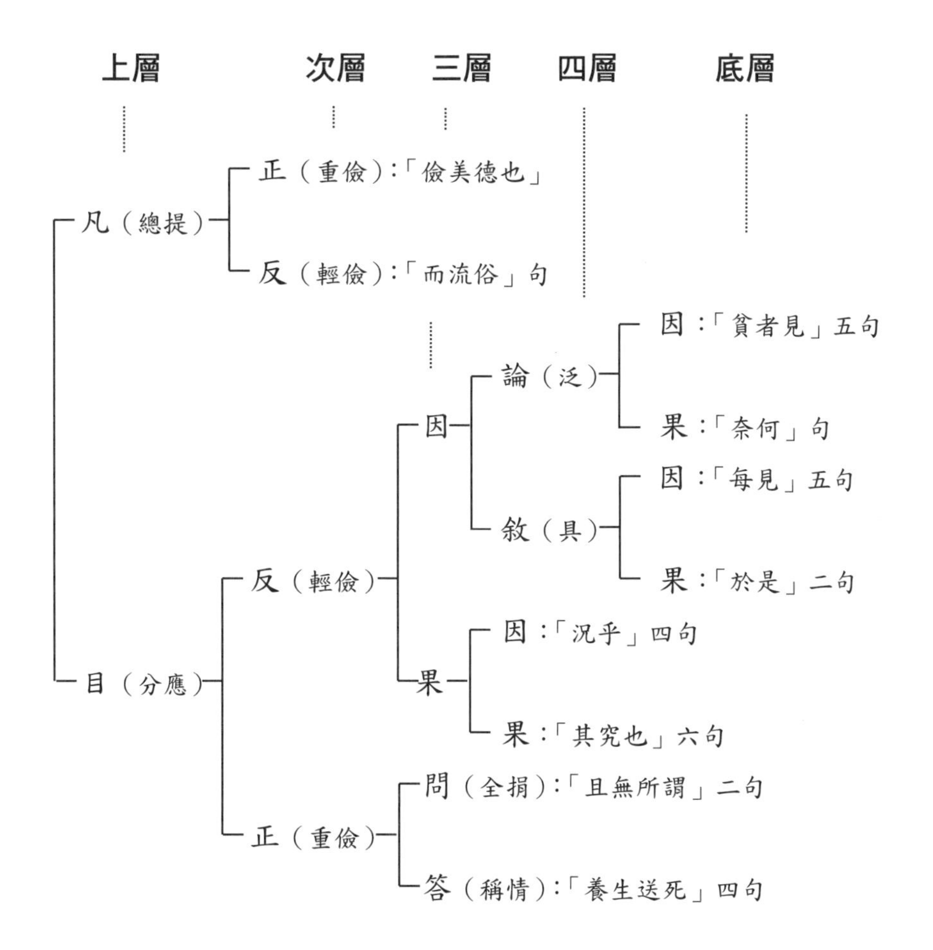

若以四大家族切入，則可概括成下表：

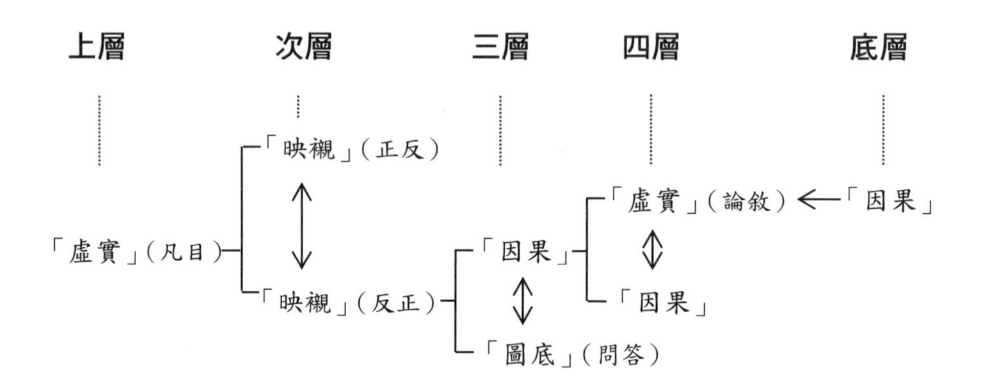

這樣概括，確實能收到使人一目了然的效果。

——本節相關內容，詳參《章法學綜論》第六章第二節與《章法結構原理與教學》第六章

概括如此，鄭頤壽視為「中觀」理論，指出：

> 篇章辭章學的中觀理論，我們認為應該是章法的「四大規律」：秩序律、變化律、聯貫律、統一律。這四律上承「(0)一、二、多」的宏觀理論，並以之類聚成四個「族系」統領其下三十來種具體的辭章的「章法」。它使具體的章法有「律」來規範。[14]

而孟建安也認為：

> 關於章法的規律，……通過幾十年的研究歸納提煉出了漢語章法的的四大規律，也就是漢語章法的四大原則。這四大規律就是秩序、變化、聯貫和統一。……還認為，這四大規律不但在心理上以它們為基礎，呈現「真」；在章法上也以它們為原則，呈現「善」；而在美感上更以它們為效果，呈現「美」。由此可見，……對這四大規律的認識是十分深刻的。他不光是發現了這四大規律，更為重要的是還把這四大律之間的關係闡釋得非常清楚明白，而且對它們各自的作用也作了透徹的分析。與此同時，陳先生還把這四大規律看作是其辭章章法學研究的主要內容和漢語辭章章法學建構的四大支柱。由此可以看出，四大規律在……辭章章法學體系中具有不可替代的重要作用。……認為，所發現的四十種章法結構中每一種都有其個性特徵（異），因此有它們存在的必

---

14 鄭頤壽：〈陳滿銘創建篇章辭章學——代序〉，《陳滿銘與辭章章法學》，同第一章註1，頁（7）。

> 要性。但是，一個科學化和系統性的學科研究，實應兼顧「異」與「同」，異中求同，以尋求不同章法的共性特徵（同），形成具有指導意義的章法理論和章法思想。陳先生把四十種章法結構類型依據其共性（同）歸併為圖底、因果、虛實、映襯等四大家族，並鎖定這四大家族歸納其主要特色。……陳先生認為這一家族的主要特色是：時間類章法不論是順敘和逆敘都具有接連性的流動美，而空間類章法則具有或擴或縮等三維像度的推移美，合而言之則具有對比美或調和美、立體美等特色。[15]

由此可見「章法規律」、「章法家族」概括之重要功用。

以上所論「章法規律」、「章法家族」，就「辭章章法學」體系之建構而言，是屬於「概括」層面。

15 孟建安：〈陳滿銘與漢語辭章章法學研究〉，《陳滿銘與辭章章法學》，同第一章註6，頁106-123。

第五章
體系中的多元性

辭章章法學是在章法學作「基礎」、「概括」研究之同時，也將所採「角度」（潛與顯、縱與橫、繁與簡、零度與偏離）與所作「比較」逐漸拓展為「多元」，以建構其理論的。

第一節　角度多元

在此分「潛與顯」、「縱與橫」、「繁與簡」與「零度與偏離」加以探討：

一　潛與顯

宇宙人生之萬事萬物，都脫不開「陰陽二元」互動系統之牢籠，自然其中就存在著「潛性」（陰）與「顯性」（陽）之「二元互動」這一環。大體而言，同一種或同一類事物，如著眼於其「陽」面，將比較趨於表層而顯著，這就形成「顯性」；如著眼於「陰」面，則會比較趨於內層而潛伏，這就形成「潛性」[1]。而此兩者之彼此呼應，對「章法結構」與「篇章義旨」兩者而言，無論「調和」或「對比」都會造成互動之結果。如文天祥〈正氣歌〉：

---

[1] 陳滿銘：〈論潛性與顯性之互動類型——以辭章章法為例作觀察〉，《畢節學院學報》27卷1期（2009年1月），頁1-7。

> 天地有正氣，雜然賦流形；下則為河嶽，上則為日星，於人曰浩然，沛乎塞蒼冥。皇路當清夷，含和吐明庭；時窮節乃見，一一垂丹青。
>
> 在齊太史簡，在晉董狐筆，在秦張良椎，在漢蘇武節；為嚴將軍頭，為嵇侍中血，為張睢陽齒，為顏常山舌；或為遼東帽，清操厲冰雪；或為出師表，鬼神泣壯烈；或為渡江楫，慷慨吞胡羯；或為擊賊笏，逆豎頭破裂。
>
> 是氣所磅礡，凜烈萬古存。當其貫日月，生死安足論？地維賴以立，天柱賴以尊。三綱實繫命，道義為之根。

這是〈正氣歌〉的前三段文字，主要在論正氣在扶持倫常綱紀、延續宇宙生命上的莫大價值，是用「全、偏、全」（上層）的結構加以統合的。

其中首段共十句，採「先凡後目」（次層）的結構來寫，首先以「天地」二句，拈出「正氣」（浩然之氣），作一總括，以引出下面的議論；這是「凡（全）」的部分。然後以「下則」八句，採「先平提後側注」（底層）的結構，先平提天、地、人，以正氣之無所不在，說明其重要，再側注到「人」身上，指出它是人類氣節的根源，以見其影響之大；這是前一個「全（凡）」的部分。次段共十六句，承上段之「側注」（人），舉出因發揮浩然正氣而「一一垂丹青」之十二件古哲的忠烈節義事蹟，以為例證；這是「偏（目）」的部分。三段共八句，採「先目後凡」（次層）包孕「並列（一、二、三）」（底層）的結構來呈現，先以「是氣」四句，由十二古哲之正氣擴大到全人類，由時空的當下擴大到無限的時空，依然側注於「人」，肯定「正氣」的存在與作用；次以「地維」四句，推及於「地」、「天」，作進一層的說明；末以「三綱」二句，總括上面六句，指出「正氣」是維繫天、地、人生命的根源力量；這是後一個「全（凡）」的部分。

附其結構系統表供參考：

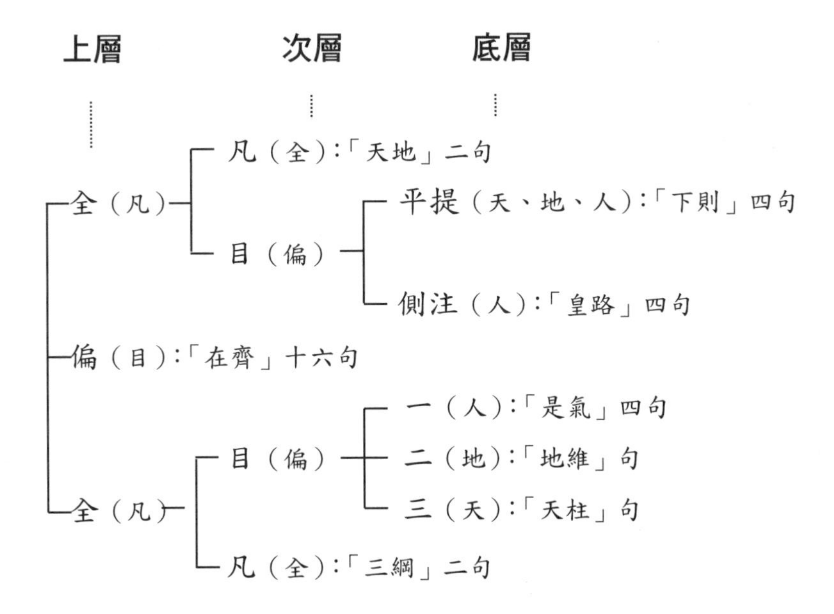

可見這段詩歌共用了「偏（目）全（凡）」、「凡（全）目（偏）」（二疊）、「平提側注」、「平列」（天、地、人）等章法，以形成其章節結構。其中上層的「偏（目）全（凡）」，「偏」與「全」是「顯」、「目」與「凡」是「潛」；而次層的「凡（全）目（偏）」（二疊），則「凡」與「目」是「顯」、「全」與「偏」是「潛」。這樣，「潛」和「顯」全屬「同類相從」，形成了「調和」之關聯，而產生互動之作用。

從另外一個角度來說，目前已發現的章法是「顯」，而未發現者為「潛」，兩者也會產生一些轉化。對此，王希杰說：

> 章法有顯性和潛性之分，顯性和潛性是相對的，多層次的。……已經出現了的章法規則是顯性章法，可能有，但目前還沒有出現的章法，是潛性章法，已經出現了的章法雖然很多，但畢竟還是有限的。文章還將不斷地湧現出來，可能的章法將逐漸被開發出來，新章法的出現是必然的事情，這就是說，許多目前的潛性章法在條件成熟的時候是可以轉化為顯性章法的。同時，現有的某些章法也有可能不再被運用，由顯性章法轉化為潛性章法。從這個意義上說，章法學不但要研究顯性章法，還可以研究可能出現的章法！為新章法的開發利用作出應有的貢獻。就這個意義說，章法學不是凝固的學問，它是大有發展前途的，它是面向未來的學問。[2]

可見「辭章章法學」的研究，不但要面對過去、現在，更要面向未來。

——本單元相關內容，詳參《章法學綜論》第六章第一節與《章法結構原理與教學》第三章第三節

---

[2] 王希杰：〈章法三論〉，《南通紡織職業技術學院學報．綜合版》5 卷 1 期（2005 年 3 月），頁 21-22。

二　縱與橫

文章的篇章結構，含縱、橫兩向[3]。其中縱向的結構，由內容，也就是情、理、景、事等組成；而橫向的結構，則由邏輯層次，也就是各種章法，如今昔、遠近、大小、本末、賓主、正反、虛實、凡目、因果、抑揚、平側……等組成。因此捨縱向而取橫向，或捨橫向而取縱向，是無法分析好文章的篇章結構的。唯有疊合縱、橫向而為一，用「表」為輔，加以呈現，才能真實地凸顯一篇文章在內容與邏輯結構上的特色。

而所謂章法，由於是綴句成節（句群）、連節成段、統段成篇的一種組織，所以一直被歸入「形式」來看待，似乎與情意（內容）扯不上關係。其實，這裡所指的「句」、「節」（句群）、「段」、「篇」，說的是句、節（句群）、段、篇的情意，而要組合這些情意，形成合乎「秩序、變化、聯貫、統一」此四大要求的辭章，則非靠各種「章法」來達成任務不可。

因此，說得精確一點，「章法」所探求的，是「內容」（情、理、景、事）的深層結構。劉熙載在其《藝概．詞曲概》中說得好：「詞以煉章法為隱，煉字句為秀。秀而不隱，是猶百琲明珠，而無一線穿也。」[4] 這雖專就「詞」來說，但也一樣可適用於其他文體。所謂「隱」，指「蘊藏於內」；所謂「秀」，指「表現於外」。一篇文章，如果只煉「表現於外」的「字句」，來傳遞情意，而不

---

3 鄭頤壽：「陳教授把『情』、『理』、『景』、『物』、『事』為『縱向』，『章法』為『橫向』，這與劉勰的『情經辭緯』說是一脈相承的，即把『章法』定位在『辭』—『形式』上。明白這些，是下文評述辭章章法論的基礎；是闡釋臺灣學者清醒、自覺的辭章學意識的根據。」見〈臺灣辭章學研究述評及其與大陸的異同比較〉，同第一章註 2，頁 29。

4 劉熙載：《劉熙載文集》（南京市：江蘇古籍出版社，2000 年 12 月一版一刷），頁 143。

煉「蘊藏於內」的「章法」，藉邏輯思維以貫穿情意，使前後串成條理（秩序、變化、聯貫、統一），則雜亂無章，這當然就像「百琲明珠，而無一線穿」了。

既然「章法」所探求的，是內容（情意）的深層結構，那麼「章法」便等同於人類共通的一種理則，是人人所與生俱來的；而所有的作者在創作之際，也就自覺或不自覺地受它的支配，以組合「情」、「理」、「景（物）」、「事」。因此，章法絕不是強加於文章之上的外在框架，而是任何一篇文章所不可無的內在之邏輯條理。這種邏輯條理深蘊於辭章內容（情意）之內，如不予深入挖掘，是探求不到的。這也就是縱向的內容結構所以必須與橫向的章法結構疊合的原因。

茲舉沈佺期〈雜詩・三首之一〉為例，略作說明：

> 聞道黃龍戍，頻年不解兵。可憐閨裡月，長在漢家營。少婦今春意；良人昨夜情。誰能將旗鼓，一為取龍城？

此詩旨在寫閨怨，從而反映出作者對戰事結束的無限渴望，用「先平提後側收」（上層）的結構統合而成。

在「平提」的部分裡，先以「先因後果」（次層）的結構，平提兩個重點，即「久不解兵」（因）和「望月相思」（果）。其中首聯為「因」，頷、頸兩聯為「果」；而「果」的部分，則採「由先而後」（三層）包孕兩疊「先實後虛」（底層）的結構，在頷聯寫望月、頸聯寫相思。值得注意的是，在此無論是寫望月（即景）或是相思（抒情），都兼顧了思婦之「實」與征夫之「虛」，也就是說，寫思婦在「閨裡」望月相思，是「實」；而寫征夫在「漢家營」（黃龍）望月相思，是「虛」。如此虛實相映，更增添了作品的感染力量。接著以尾聯，採側收的方式，針對著起聯之「不解兵」，從反面表達出「解兵」的強烈願望。這種願望如能實現，那麼思婦與征夫就不必再望月相思了。就這樣環環相扣，收到了「一氣轉折」[5]之效果。

附其結構系統表如下：

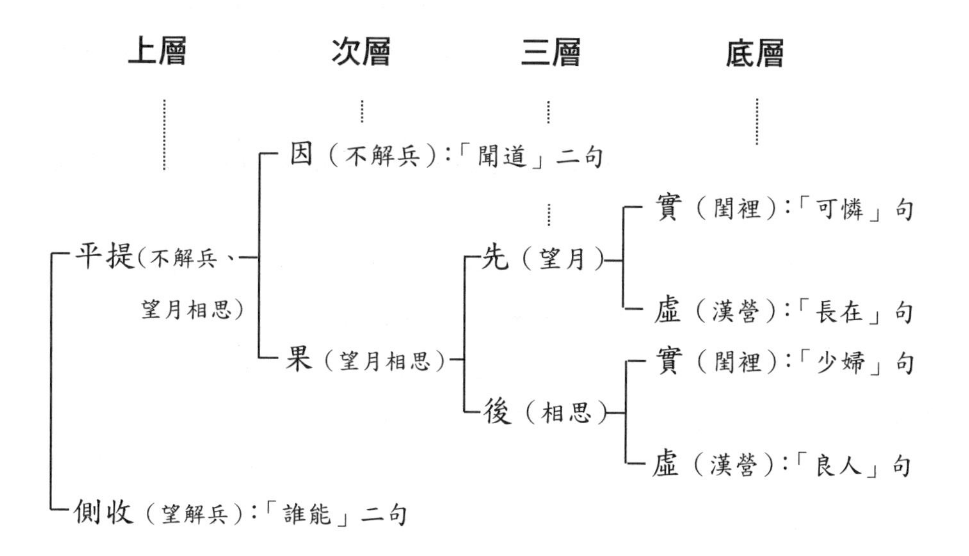

從上表可知，上層的「平提」與「不解兵、望月相思」、「側收」與「望解兵」，次層的「因」與「不解兵」、「果」與「望月相思」，三層的「先」與「望月」、「後」與「相思」，底層的「實」與「閨裡」、「虛」與「漢營」，是縱橫疊合在一起的。

對此，王曉娜說：

從章法體系的建構方面來看，以縱橫兩種結構搭建章法學體

5 高步瀛：《唐宋詩舉要》注（臺北市：學海出版社，1973 年 2 月初版），頁 413。

> 系的框架，是……章法研究的一個最突出的特點。這種構建是在三個層面進行的。首先，從整體上確立篇章結構的兩大構成，縱向的語義結構（即內容結構）和橫向的形式結構。然後，確定這兩種結構的構成成分。縱向的語義結構包含有具體的結構成分，即情語和理語、事語和景語。橫向的形式結構，包含有各種章法，即遠近、大小、本末、深淺、賓主、虛實、正反、平側、縱收、因果……等等。第三，梳理這兩種結構之間的交織關係。縱橫結構既有各自相對的獨立性同時有密不可分。……章法體系釐清了這種縱向的語義成分和橫向的結構成分之間的對應關係的，進而呈現出了兩種結構縱橫交織的架構和規則。……這種縱橫交織的架構，將形式和意義不可分離的原則有效地創造性地貫徹到了篇章語言學的領域之中，科學地體現了語篇的關聯性和整體性，因而，掌握了這種縱橫交織的架構及其結合規律也就把握了完整的篇章結構。[6]

可見兼顧章法縱橫交織架構的重要性。

——本單元相關內容，詳參《篇章結構學》第二章與《〈四書〉義理螺旋結構析論》

6 王曉娜：〈章法研究的新天地——試論陳滿銘先生的《章法學新裁》〉，同第三章註6，頁261-262。

三　繁與簡

若從潛顯的另一角度切入，則篇章的形象是「顯」、邏輯為「潛」，如此遇到章法結構系統太複雜時，以形象「簡」、邏輯「繁」是比較合宜的；何況章法類型中有許多是涉及形象的，如今昔、久暫、大小、遠近、內外、高低、左右、時空、情景、敘論、天人、詳略、眾寡、賓主、正反、力破、凡目、因果……等，都與形象內容相關，有兼顧作用。因此為了求簡，是可以儘量存邏輯而略形象的。如《史記．孔子世家贊》：

> 太史公曰：《詩》有之：「高山仰止，景行行止。」雖不能至，然心鄉往之。余讀孔氏書，想見其為人。適魯，觀仲尼廟堂，車服、禮器，諸生以時習禮其家，余低回留之，不能去云。天下君王至於賢人眾矣，當時則榮，沒則已焉。孔子布衣，傳十餘世，學者宗之。自天子王侯，中國言六藝者，折中於夫子，可謂至聖矣！

這篇贊文，用「先點（引子）後染（內容）[7]」（上層）的結

[7] 新發現章法之一。「點染」本用於繪畫，指基本技巧。而移用以專稱辭章作法的，則始於清劉熙載。但由於他的所謂的「點染」，指的乃是「情」〔點〕與「景」（染），和「虛實」此一章法大家族中的「情景」法，恰巧相重疊，所以就特地借用此「點染」一詞，來稱呼類似畫法的一種章法：其中「點」，指時、空的一個落足點，僅僅用作敘事、寫景、抒情或說理的引子、橋樑或收尾；而「染」，則指真正用來敘事、寫景、抒情或說理的主體。也就是說，「點」只是一個切入或固定點，而「染」則是各種內容本身。這種章法相當常見，也可以形成「先點後染」、「先染後點」、「點、染、點」、「染、點、染」等結構，而產生秩序、變化、聯貫（呼應）之作用。見陳滿銘：〈論幾種特殊的章法〉，同第三章註 14，頁 181-187。

構統合而成，以讚美孔子為「至聖」。

「點」指「太史公曰」；而「染」則自「《詩》有之」起至篇末，乃用「凡（綱領」)、目、凡（主旨）」(次層）的結構寫成。其中頭一個「凡」(綱領）的部分，自篇首至「然心鄉往之」止，採「先點後染」(三層）的結構，引《詩》虛虛籠起，以「高山仰止，景行行止」兩句語典領出「鄉往」兩字，作為綱領，以統攝下文。「目」的部分，自「余讀孔氏書」至「折中於夫子」止，採「由寡及眾」(三層）的結構，含三節來寫：其首節採「先因後果」(四層）包孕兩疊「先具（事）後泛（情）」(底層）的結構，寫自己「讀孔氏書」與「觀仲尼廟堂」之所見、所思，以「想見其為人」與「低回留之，不能去云」句，表出自己對孔子的「鄉往」之情；次節採「先因後果」(四層）包孕「先反後正」(底層）的結構，特將孔子與「天下君王至於賢人」作一對照，以「一反一正」形成對比，以「學者宗之」表出孔門學者對孔子的「鄉往」之情（理)，並暗示所以將孔子列為世家的理由；三節採「先因後果」(四層）的結構，寫各家以孔子的學說為截長補短的標準，而以「折中於夫子」表出全天下讀書人對孔子的「鄉往」之情（理)。後一個「凡」(主旨）的部分，即末尾「可謂至聖矣」一句，拈出主旨，以回抱前文之意（情、理）作收。附結構系統圖如下：

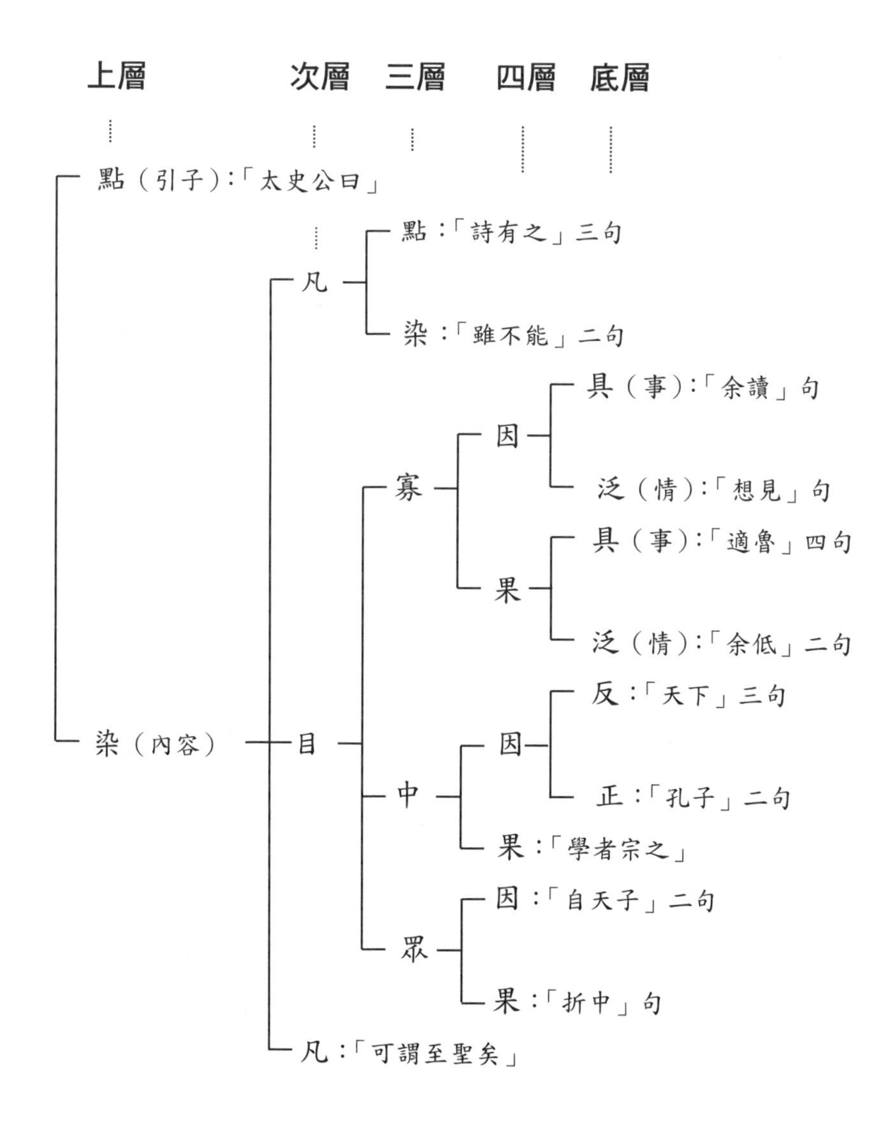

就這樣，太史公此文，以「凡、目、凡」的核心結構，來統合各「輔助結構」[8]，握定「鄉往」作為綱領，以作者本身、孔門學者

8 陳滿銘：〈論章法「多、二、一（0）」的核心結構〉，《師大學報．人文與社會類》

以及全天下讀書人對孔子「鄉往」的事實為內容，層層遞寫，結出「至聖」（嚮往到了極點的稱號）的一篇主旨與「虛神宕漾」[9]之風格，以讚美孔子。文雖短而意特長，令人讀了，也不禁湧生無限的「仰止」之情來，久久不止。

此文邏輯結構共五層，如要兼顧形象內容，必定會相當繁雜，令人眼花撩亂，所以遇「凡目」、「眾寡」、「因果」與「正反」時，因它們在邏輯中含形象，便略去形象內容，除增強其藝術性外，又比較可以令人一目了然。

對此，王希杰指出：

> 內容和形式上都並列的是最整齊的結構。內容並列而形式不並列的，或是不懂章法，或是藝術趣味的追求：自然，不雕琢。內容不並列而形式並列的是文章藝術化手法。[10]

可見「內容不並列而形式並列」，有時是必要的。

然後探討整個篇章結構的繁與簡：篇章結構的研究，在開始階段，為了「求異」，於處理古文的結構系統時，往往力求仔細，如分析韓愈〈師說〉、李密〈陳情表〉與范仲淹〈岳陽樓記〉，就依序以九層、十層、十一層呈現[11]，這樣就研究來說，雖有其必要，但難免會顯得繁瑣、瑣碎，使讀者難以把握[12]；因此到了推廣階段，

48 卷 2 期（2003 年 12 月），頁 71-94。

9 吳楚材、王文濡：《精校評注古文觀止》卷 5（臺北市：臺灣中華書局，1972 年 11 月臺六版），頁 8。

10 王希杰：〈章法學門外閑談〉，同第一章註 3，頁 56。

11 陳滿銘：《文章結構分析——以中學國文課文為例》（臺北市：萬卷樓圖書公司，1999 年 5 月初版），頁 163-164、185、201。

12 王希杰：「大量運用模式化手法，這本是很好的方法，但是我恐怕有些讀者會有不

尤其推廣到語文教學時，就需要力求簡單明白，因此有許多教師反應，辭章無論長短，如一律僅用「上、中、下」三層（邏輯含形象）來呈現結構系統，最為合宜。前幾年所主編之《大學國文選》即如此，而獲得良好反應 [13]。

茲舉姜夔〈暗香〉詞，略作說明，以見一斑：

> 舊時月色。算幾番照我，梅邊吹笛。喚起玉人，不管清寒與攀摘。何遜而今漸老，都忘卻、春風詞筆。但怪得、竹外疏花，香冷入瑤席。　江國、正寂寂。歎寄與路遙，夜雪初積。翠尊易泣，紅萼無言耿相憶。長記曾攜手處，千樹壓、西湖寒碧。又片片、吹盡也，幾時見得。

這闋詞題作「辛亥之冬，余載雪詣石湖。止既月，授簡索句，且徵新聲，作此兩曲。石湖把玩不已，使工妓隸習之，音節諧婉，乃名之曰〈暗香〉、〈疏影〉」。乃一首詠紅梅之作，作於光宗紹熙二年（1191），用「先實（今昔）後虛（未來）」（上層）的結構統合而成。

「實」（今昔）的部分，自開篇起至「吹盡也」止，用「先因後果」（中層）的結構加以呈現。其中先以起首五句，用「先反（昔盛）後正（今衰）」（下層）之結構，就梅花之盛，寫當年梅邊

耐煩的感覺，可能產生反感，指責說，把生動活潑形象的文章格式化、公式化、簡單化。我想這可能是一些人不喜歡章法學的原因吧？法則太多，可能顯得繁瑣、瑣碎，使人難以把握的。可貴的是，……並不滿足於單純地『歸納法則』，他們力圖建立統率這些比較具體的法則的更高的原則。」見〈陳滿銘教授和章法學〉，同第一章註 6，頁 4-5。

13 陳滿銘主編：《大學國文選》（臺北市：普林斯頓國際公司，2006 年 9 月初版），頁 493。又於 2011 年 7 月二版修訂，頁 473。

吹笛、喚人攀摘的雅事；這寫的是「反」（昔盛）。再以「何遜」四句，就梅花之衰，寫如今人老花盡、無笛無詩的境況；接著以「江國」六句，承「何遜」四句，仍就梅花之衰，反用陸凱詩意，寫路遙雪深、無從寄梅的惆悵；以上寫的是「正」（今衰）；以上是寫「因」的部分。然後以「長記」二句，用「先『反』（昔盛）後『正』（今衰）」（下層）之結構，先承篇首五句，透過回憶，藉當年攜遊西湖孤山所見梅紅與水碧相映成趣的景致，以抒發無限懷舊之情；再以「又片片、吹盡也」句，回應「何遜」十句，就眼前，寫梅花落盡、舊歡難再的悲哀；以上是寫「果」的部分。而「虛（未來）」部分，即結尾一句，將時間伸向未來，發出「不知何時才能見得著」的感歎作結。

作者就這樣以一實一虛、一盛一衰、一昔一今，作成強烈的對比來寫，將自己滿懷的今昔之感、懷舊之情，表達得極為婉轉回環，有著無盡的韻味。有人以為此詞托喻君國，事與徽、欽二帝北狩有關 [14]，因無佐證，不予採納 [15]。

---

14 宋翔鳳：「詞家之有姜石帚，猶詩家之有杜少陵，繼往開來，文中關鍵。……《暗香》、《疏影》，恨偏安也。蓋意愈切，則詞愈微，屈、宋之心，誰能見之。」見《樂府餘論》，唐圭璋編：《詞話叢編》3（臺北市：新文豐出版公司，1988 年 2 月臺一版），頁 2503。陳廷焯：「南渡以後，國勢日非。白石目擊心傷，多於詞中寄慨。不獨〈暗香〉、〈疏影〉二章，發二帝之幽憤，傷在位之無人也。特感慨全在虛處，無迹可尋，人自不察耳。」見《白雨齋詞話》卷二，《詞話叢編》4，頁 3797。

15 常國武：「此詞不過是借梅花的盛衰，抒發作者自己由年輕時的歡愉轉入老大的悲涼，以及自己與故人由當年共同賞梅到而今兩地乖隔、舊遊難再的悵惘而已，與亡國之恨毫無瓜葛。」見《新選宋詞三百首》（北京市：人民文學出版社，2000 年 1 月一版一刷），頁 403。

附其結構系統表如下：

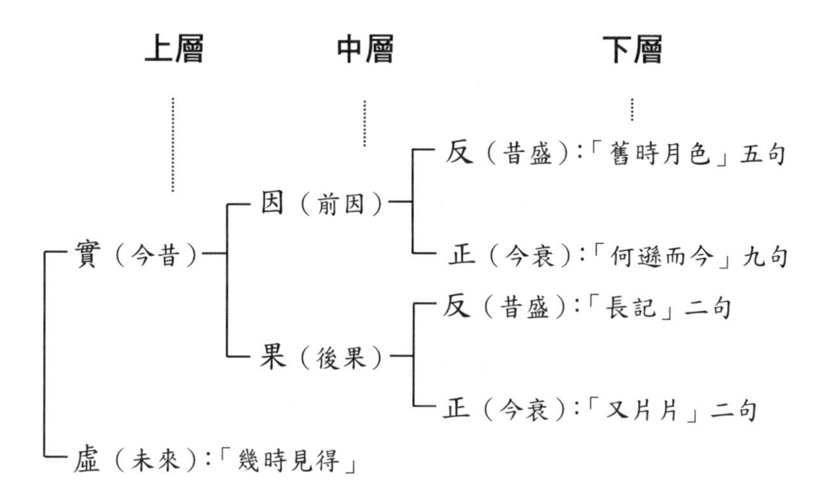
上層
中層
下層
實（今昔）
因（前因）
反（昔盛）：「舊時月色」五句
正（今衰）：「何遜而今」九句
果（後果）
反（昔盛）：「長記」二句
正（今衰）：「又片片」二句
虛（未來）：「幾時見得」

而這首詞曾以五層呈其結構系統如下[16]：

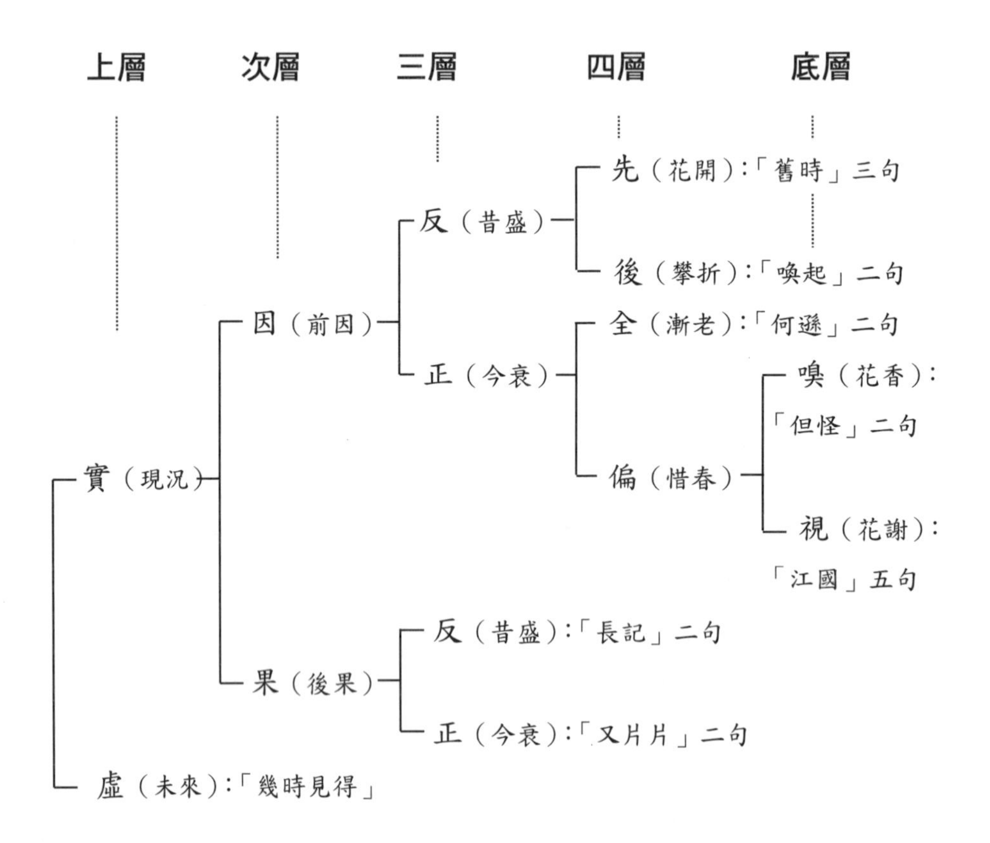

16 陳滿銘：《章法結構論》（臺北市：萬卷樓圖書公司，2012 年 2 月初版），頁 285-288。

此五層如採中層包孕多層之方式，也可用「上、中、下」三層來表示：

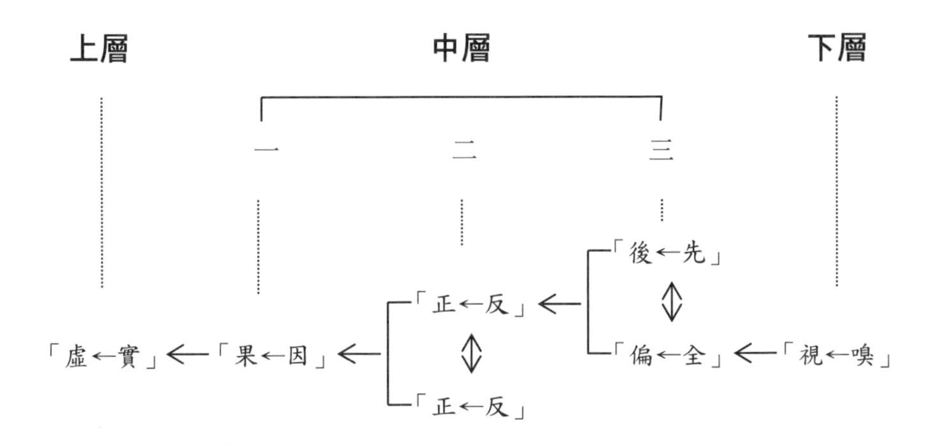

這樣雖比較詳盡，但非特殊情況，要作更深入探討，則用三層已可將它的篇章結構特色，表現出來了。潘善祺以：

> 此詞由昔而今，又由今而昔，憶盛歎衰，樂聚哀散。回環往復，如蛟龍盤舞，曲盡情意，確是大家手筆。[17]

以此對照三層結構系統，顯然完全吻合。

本來運用圖表，就是要做到「簡明」，對此，黎運漢說：

> 現代很多科學論著都運用圖表來配合語言敘述，以增強語言的簡明性。陳滿銘教授的章法論著廣泛使用圖表，將研究成

17 陳邦炎主編：《詞林觀止．上》（上海市：上海古籍出版社，1994 年 4 月一版一刷），頁 590。

> 果在詳述之後，簡要地展示出來。無論是綜合論述，還是單篇作品分析都是如此。……圖表展示靈活多樣，簡明扼要，一目了然，配合語言分析，表文並茂，則相得益彰，易於學習與把握。[18]

這樣「由繁而簡」是必經的過程。

——本單元相關內容，詳參《辭章章法學體系建構叢書》十冊所附「結構系統表」

18 黎運漢：〈陳滿銘對辭章章法學的貢獻〉，《陳滿銘與辭章章法學》，同第一章註 9，頁 65-70。

四　零度與偏離

所有的章法類型，都是由不同之「二元對待」所形成的，照理說，都是規範形式，為「零度」，是可以區分得清清楚楚的，可是在從事一篇辭章之分析時，在規範形式的認定上，便往往沒有絕對的是非可言，而必須從不同角度切入，看看哪一種角度最足以呈現它內容與形式的特色，所以掌握切入的角度便成為分析篇章結構成敗的關鍵所在。如是比較好的，是「正偏離」，而比較差的，則為「副偏離」。對此，王希杰說：

> 章法學的對象是文章，其任務是從眾多的文章中尋找到章法的規範形式，用我的話來說，其實就是從眾多的具體多樣的文章中歸納抽象出一種零度形式，即章法。章法學的功用就是，用這種規範的章法模式來指導文章的創作活動。……如果把章法的規範形式叫做「零度章法」或「章法的零度」，那麼不符合這一規範的文章都是對零度章法的一種偏離，可以叫做「章法的偏離」或「偏離的章法」。事實上，章法學上的章法都是章法學家所歸納出來的某種模式，是章法的理想形態，任何一篇文章的結構方式都是對這種理想模式的或多或少的偏離，章法學家所用的例子其實只是理想章法的一個代表，最接近於理想模式的範例，章法的偏離也有兩種：一種是負面的，消極的，壞的；另一種是正面的，積極的，好的，藝術的。[19]

---

19 王希杰：〈章法三論〉，同本章註 2，頁 20。

可見作章法分析時，是要特別注意的。茲舉劉禹錫的〈陋室銘〉為例，以見一斑：

> 山不在高，有仙則名；水不在深，有龍則靈；斯是陋室，惟吾德馨。苔痕上階綠，草色入簾青。談笑有鴻儒，往來無白丁。可以調素琴，閱金經。無絲竹之亂耳，無案牘之勞形。南陽諸葛廬，西蜀子雲亭。孔子云：「何陋之有？」

此文若從「敘論」的角度切入，則篇首至「無案牘之勞形」止，為「敘」的部分；「南陽諸葛廬」四句，是「論」的部分。其結構系統表為：

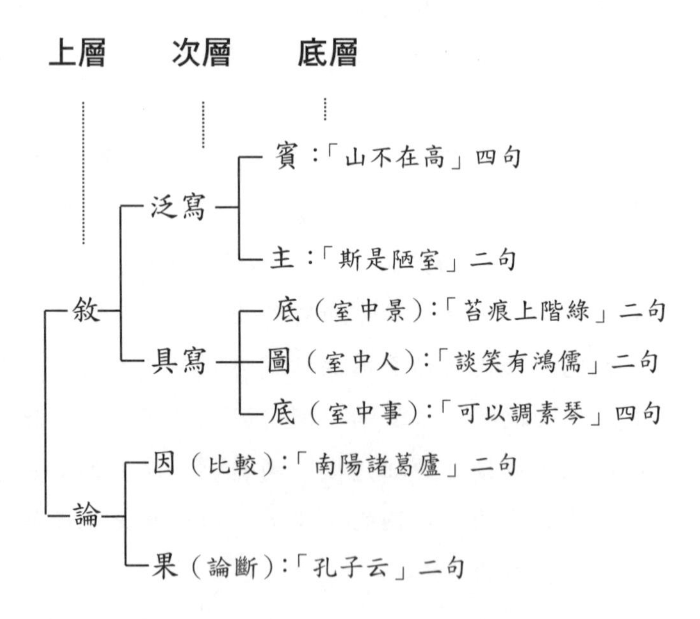

這樣切入，確實可以凸顯「何陋之有」的意思，卻埋沒了「惟吾德馨」的一篇主旨；因此從這個角度切入，是仍有它不足之處的，可以視為「負偏離」。

而如果從「凡、目、凡」（上層）切入，則剛好可彌補這個缺陷。其中「山不在高」六句，屬頭一個「凡」，乃採「先賓後主」（次層）包孕「先反後正」（三層）、「並列（一、二）」與兩疊「先反後正」（底層）的結構，由「山」、「水」說到「室」，十分技巧地引用《左傳》中〈宮之奇諫假道於虞以伐虢〉一文所謂「惟德是馨」句，扣到自己身上，凸顯一個「德」字來貫穿全文。而「苔痕上階綠」八句，則屬「目」的部分，採「底、圖、底」（次層）包孕「先正後反」（三層）的結構，依次以「苔痕」二句寫室中景、「談笑」二句寫室中人、「可以調」四句寫室中事，將自己在「陋室」中安然自適之樂充分地表達出來。至於「南陽諸葛廬」四句，乃屬後一個「凡」，採「先因後果」（次層）的結構，透過事典與語典之使用，作一番頌揚，暗含「君子居之」的意思，回報頭「凡」之「德」字收結，結得高古有力。

附其結構系統表供參考：

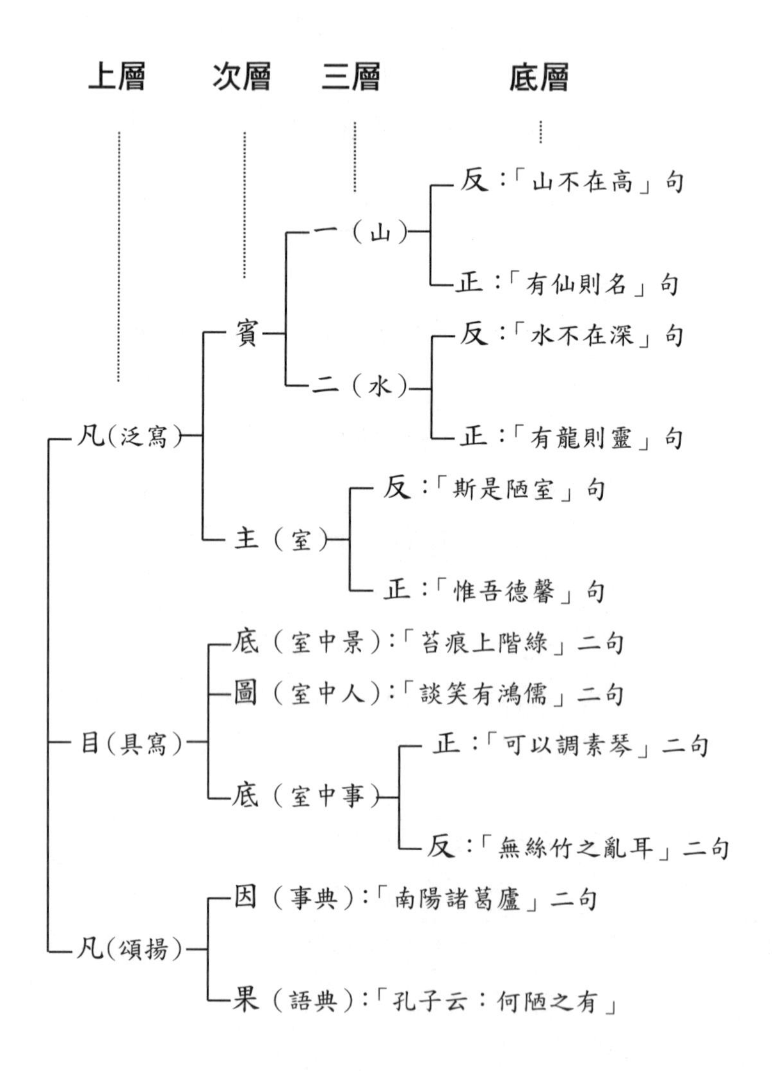
上層
次層
三層
底層
反：「山不在高」句
一（山）
正：「有仙則名」句
賓
反：「水不在深」句
二（水）
正：「有龍則靈」句
凡（泛寫）
反：「斯是陋室」句
主（室）
正：「惟吾德馨」句
底（室中景）：「苔痕上階綠」二句
圖（室中人）：「談笑有鴻儒」二句
目（具寫）
正：「可以調素琴」二句
底（室中事）
反：「無絲竹之亂耳」二句
因（事典）：「南陽諸葛廬」二句
凡（頌揚）
果（語典）：「孔子云：何陋之有」

如此使前一個「凡」（總括）的「惟吾德馨」與後一個「凡」所含「君子居之」的意思作了完密的照應[20]，當然會比以「敘論」切入的好得多，所以如此切入，顯然就可視為「正偏離」。

——本單元相關內容，詳參《章法結構原理與教學》第三章第二節

其實，「角度多元」也涉及學科，黎運漢即指出：

> 辭章章法現象是一個十分複雜的語文現象，它的生成既植根於民族文化沃土，又從相關學科汲取營養，因而研究章法現象的章法學必然關涉到文章學、修辭學、語體學、風格學、言語交際學、邏輯學、心理學、社會學、文化學和美學諸多方面；同時，「章法」是因體而異的，不同的文體有不同的章法。……（因）深明此理，故分析章法現象，能自覺運用多角度切入法，這表現在兩個方面：一是從多學科的角度來闡釋，即根據文章的內容與形式的特點從不同學科的角度切入，例如，從文章學角度論析蘇洵的〈六國論〉（《論叢續編》第 29 頁），從邏輯學角度分析梁啟超的〈最苦與最樂〉（《分析》第 41 頁），從風格學的角度分析岳飛的〈滿江紅〉（《論叢續編》第 390 頁），從修辭學的角度分析宋玉的〈對楚王問〉，從美學的角度分析李白的〈贈孟浩然〉，從言語交際學的角度切入，分析章法的雙向性：表達與理解等；二是從文章篇章結構特色的角度切入，例如，從「敘論」和「凡目」的角度切入分析劉禹錫〈陋室銘〉以見其「何陋之有」

20 陳滿銘：《文章結構分析——以中學國文課文為例》，同本章註 11，頁 65。

> 的意思和「惟吾德馨」的主旨；從「虛實」的角度切入分析岳飛的〈滿江紅〉，藉插敘的方式帶出主旨，以窺詞之特色；從「立破」的角度分析歐陽修的〈縱囚論〉，以觀其首尾照應的特點；對王安石〈讀孟嘗君傳〉從「立破」角度來看，以見其文精約而說服力強；對蘇軾〈念奴嬌〉從「今昔」、「虛實」、「正反」、「內外」等多角度去分析，以見其章法之變化多姿。如此妙用這種研究法，很有助於增強章法分析之廣度與實用性，同時也體現出章法之活用性與……運用章法之嫻熟本領。[21]

分析辭章章法時切入角度之多元，由此可見。

第二節　比較多元

當今科技發達，要求「科學化」作跨領域之研究，更早已成必然趨勢。而累積「科學化」的成果而形成獨門學科者，可說多得數也數不清，如從「求同」之層面而言，有神學、哲學、科學、美學……等，若從「求異」之層面來說，則又多至千百種，如天文學、思維學、語言學、文藝學、辭章學、寫作學、閱讀學、語文教學、意象學、結構學、建築學、心理學、統計學、定性分析學、定量分析學、比較學、民俗學、社會學、政治學、歷史學、地理學、植物學、動物學、色彩學、網路科技……等就是。因此由「求異」而「求同」，藉「科學化」之跨領域研究成

21　黎運漢：〈陳滿銘對辭辭章章法學的貢獻〉，《陳滿銘與辭章章法學》，同第一章註 1，頁 64-65。

果，來提升學術研究的品質，已經成為一個「共識」。

而章法學之研究，當然也不例外，而且一開始就藉「科學化」作了跨領域的研究。關於這點，鄭頤壽就指出：

> 「章法學是研究章法（含篇法）理論與實際的一門學問。」它涉及文章學、修辭學、語體學、邏輯學以及美學等諸多方面。綜合研究這諸多方面的章法現象及其理論體系的學問，可稱之為辭章章法學，也可簡稱章法學，臺灣學者……在研究這一方面具有突出的成就，雖非絕後，實屬空前。……新的學科建設必須站在哲學的高度，並以之作指導，才能高瞻遠矚，不斷開拓，建構「科學的理論體系」。中國古老的哲學多門，其中最有影響的是樸素的辯證法思想。……用了辯證法的觀點，……煥發出中華傳統文化的光輝。[22]

而王希杰也說：

> 章法學作為一門學問，不是有關部門章法的個別的知識，而是章法知識的總和，是一種概念的系統。章法學是一門實用性很強的學問，也有極高的學術價值。它同文章學、修辭學、語用學、文藝學、美學、邏輯學等都具有密切關係。章法學已經初步形成了一門「科學」……建立了「科學的章法學體系」……轉變了中國章法學的研究大方向，建立了「科學的章法學」，把漢語章法學的研究轉向「科學的道路」。[23]

---

22 鄭頤壽：〈臺灣辭章學研究述評及其與大陸的異同比較〉，同第一章註 2，頁 29-30。

23 王希杰：〈章法學門外閑談〉，同第一章註 3，頁 53-57。

而章法學用「科學化」作跨領域之研究，關係最密切的領域為「辭章」，它是結合「形象」「邏輯」與「統合」三種思維之螺旋作用，藉以創造「意象」的。而這三種思維，各有所主。從「形象思維」來說，如果是將一篇辭章所要表達之「情」或「理」，也就是「意」，主要訴諸各種偏於主觀的聯想（想像），和所選取之「景（物）」或「事」，也就是「象」，連結在一起，或者是專就個別之「情」、「理」、「景」（物）、「事」等材料本身設計其表現技巧的，皆屬「形象思維」；這涉及了「取材」與「措詞」等問題，而主要以此為探討對象的，就是意象學（狹義）與修辭學等。從「邏輯思維」來說，如果整個就「景（物）」或「事」（象）等各種材料，對應於自然規律，結合「情」與「理」（意），主要訴諸偏於客觀的聯想（想像），按秩序、變化、聯貫與統一之原則，前後加以安排、佈置，以成條理的，皆屬「邏輯思維」；這涉及了「佈局」（含「運材」）與「構詞」等問題，而主要以此為研究對象的，就字句言，即文（語）法學；就篇章言，就是章法學。從「統合思維」來說，一篇辭章用以統合「形象思維」（偏於主觀）與「邏輯思維」（偏於客觀）而為一的，乃是主旨與風格（韻律）等，這就涉及了主題學、文體學與風格學等。而以此整體或個別為對象加以研究的，則統稱為辭章學或文章學。

這種辭章的主要內涵，都與形象思維、邏輯思維或統合思維有著密切的關係。其中有偏於字句範圍的，主要為詞彙、修辭、文（語）法與意象（個別）；有偏於章與篇的，主要為意象（整體）與章法；有偏於篇的，主要為主旨、文體與風格。因此辭章的篇章，是主要以意象（個別到整體、狹義到廣義）與章法為其內涵，而以主旨與風格來「一以貫之」的。大體說來，辭章是離不開「意象」的，就是主旨與風格，也是如此。由於「主旨」是核心之

「意」，而「風格」是以主旨統合各「意象」之形成、表現與組織所產生之一種整體性的「審美風貌」[24]。這樣由「統合思維」（含風格與主旨）而「形象思維」、「邏輯思維」而「意象（個別）」、「詞彙」、「修辭」、「文法」、「章法」，是屬於逆向過程，為「寫作」；而由「意象（個別）」、「詞彙」、「修辭」、「文法」、「章法」，而「形象思維」、「邏輯思維」而「統合思維」（含主旨與風格），乃屬於逆向過程，為「閱讀」，兩者可說順、逆疊合，關係極其密切。

因此，章法之比較有兩大分野：一是內部比較，一是外部比較。由於它們的範圍極為多樣而廣泛，開始時不得不以「辭章」領域所涉為焦點。到目前為止，已作過比較的[25]，就「內部比較」而言，從「求異」與「求同」兩方面比較了「章法與章法異同」，涉及的是「章法學」與「層次邏輯學」。就「外部比較」而言，先以辭章學內部為範圍：首先為「章法與修辭藝術」，用「形象思維」與「邏輯思維」切入作比較，主要關涉到的是「思維學」與「修辭學」；其次是「章法與內容結構」，用「主題」與「意象」分析「內容材料」作比較，主要關涉到的是「主題學」與「意象學」；又其次是「章法與篇章風格」，用篇章剛柔成分之量化表現風格作比較，主要關涉到的是「風格學」與「定量分析學」。後以辭章學外部為範圍：首先是「章法與意象系統」，先根據《周易》探討「意象」之形成，再用「三大思維」（形象、邏輯、統合）呈現「意象系統」作比較，主要關涉到的是「哲學」、「思維學」與「意象學」；其次是「章法與思考訓練」一章，用「邏輯思維」梳理「思

---

24 顧祖釗：「風格的成因並不是作品中的個別因素，而是從作品中的內容與形式的有機整體的統一性中所顯示的一種總體的審美風貌。」見《文學原理新釋》（北京市：人民文學出版社，2001年5月一版二刷），頁184。

25 陳滿銘：《比較章法學》（臺北市：萬卷樓圖書公司，2012年11月初版），頁1-377。

考形式」作比較，主要關涉到的是「層次邏輯學」、「思維學」與「心理學」；又其次是「章法與完形理論」，用格式塔「完形說」連接「意」（情、理）與「象」（事、物）作比較，主要關涉到的是「心理學」、「意象學」與「美學」；最後是「章法與螺旋結構」，歸本於《周易》與《老子》提煉出「多二一（0）」結構作比較，主要關涉到的是「哲學」、「層次邏輯學」與「美學」。它們的結構系統可表示如下圖：

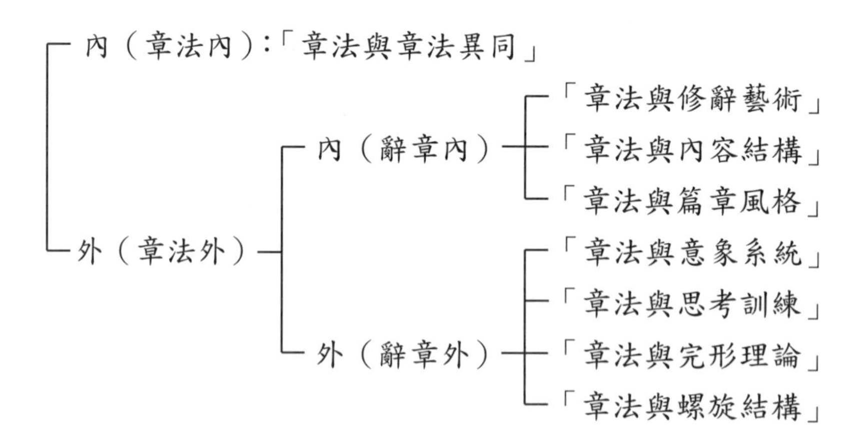

這只是開端而已，須作比較的還有很多，希望能作持續之研究，逐步完成。

因限於篇幅，不能一一舉例說明，在此僅就「章法與完形理論」與「章法與修辭藝術」為例作部分略作比較，以概其餘。

一　章法與完形理論

形成辭章之四大要素，為「情」、「理」、「景（物）」、「事」。其中「情」與「理」為「意」、「景」與「事」為「象」[26]。而「意」（情、理）與「象」（事、景）之所以能連結而產生互動，形成結構，自來雖有「比興」、「移情」、「投射」之理論加以解釋，卻不夠圓滿；於是有「格式塔」心理學派「異質同構」或「同形說」之出現。此「格式塔」一派學者認為：審美體驗就是對象的表現性及其力的結構（外在世界：象），與人的神經系統中相同的力的結構（內在世界：意）的同型契合。由於事物表現性的基礎在於力的結構，「所以一塊突兀的峭石、一株搖曳的垂柳、一抹燦爛的夕陽餘暉、一片飄零的落葉……都可以和人體具有同樣的表現性，在藝術家的眼裡也都具有和人體同樣的表現價值，有時甚至比人體還更有用。」[27] 基於此，魯道夫・安海姆（Rudolf Amheim）提出了「藝術品的力的結構與人類情感的結構是同構」之論點，以為推動我們自己情感活動起來的力，與那些作用於整個宇宙的普遍性的力，實際上是同一種力。他說：「我們自己心中生起的諸力，只不過是在遍宇宙之內同樣活動的諸力之個人的例子罷了。」[28]也就是說：現實世界存在之本質乃一種力，它統合著客觀存在之「物理力」與主觀世界的「心理力」，在審美過程中，這種力使人類知覺扮演中介的角色，將作品中之「物理力」與人類情感的「心理力」因「同構」而結合為一。一篇課文之篇章邏輯，自然與這種連結密切相關。

而這種意象，若單從篇章層面來看，其內容的主要成分，不外情、理與事、景。其中的情與理為「意」，屬核心成分；事與景乃

---

26 陳滿銘：〈談篇章的縱向結構〉，《中國學術年刊》22 期（2001 年 5 月），頁 259-300。

27 蔣孔陽、朱立元主編：《西洋美學通史》第六卷（上海市：上海文藝出版社，1999 年 11 月一版一刷），頁 714。

28 安海姆著、李長俊譯：《藝術與視知覺心理學》（臺北市：雄師圖書公司，1982 年 9 月再版），頁 444。

「象」，為外圍成分。它可用如下簡圖來表示：

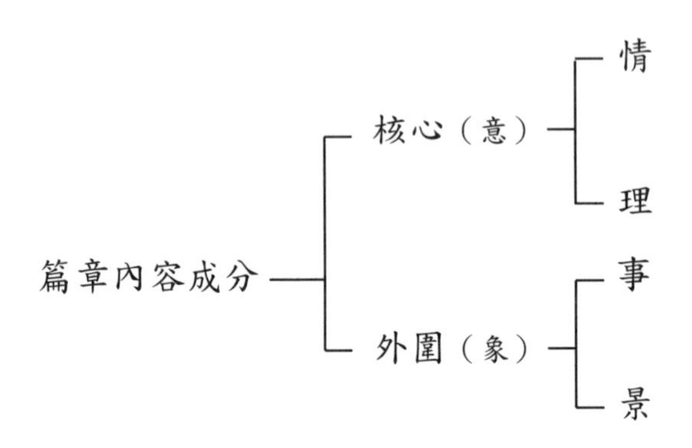

而此情、理與事、景之篇章內容成分，就其情、理而言，是「意」；就其事、景而言，是「象」。而它們的連結，是可用「異質同構」加以探知的[29]。

茲以關漢卿〈大德歌〉曲為例作觀察：

風飄飄，雨瀟瀟，便做陳摶也睡不著，懊惱傷懷抱，撲簌簌淚點拋。秋蟬兒噪罷寒蛩兒叫，淅零零細雨灑芭蕉。

關漢卿有一組四首的〈大德歌〉，分別寫一位癡情女子在春夏秋冬四季對遠方情人的思念，本曲即其中之一，是用「因（外）、果（內）、因（外）」（上層）的結構統合而成的。

29 陳滿銘：〈論辭章意象之形成——據格式塔「異質同構」說加以推衍〉，《文與哲》學報 8 期（2006 年 6 月），頁 475-492。一般說來，所謂「構」，表面上雖介於「意」、「象」之間，但它卻偏於「意」，繞著「主旨」或「綱領」，亦即「主旨」或「綱領」之性狀而形成。見陳滿銘：〈以「構」連結「意象」成軌之幾種類型——以格式塔「異質同構」說切入作考察〉，《平頂山學院學報》21 卷 6 期（2006 年 12 月），頁 68-72。

分開來看，開篇的「風飄飄」兩句，為頭一個「因」（外），採「並列（一、二）」（底層）的結構，寫室外淒迷的風雨聲；而結尾「秋蟬兒噪罷寒蛩兒叫」兩句，為後一個「因」（外），一樣採「並列（一、二）」（底層）的結構，寫室外在風雨淒迷中的蟬、蛩與芭蕉聲，大力地為中間的「果（內）」作橋梁。而「便做陳摶也睡不著」三句，便是「果（內）」則採「先因後果」（底層）的結構，寫出室內主人翁因「睡不著」的愁苦、落淚的情狀。就這樣充分地寫出了主人翁為秋聲所苦的心境，使抽象的「傷懷抱」之苦得以具象化。作者構思之縝密工巧，令人讚賞不止[30]。

附其結構系統表如下：

30 譚倫杰：「這首小令表現手法上的凸出特點，是用渲染自然界的秋聲，來烘托人物的秋思。作者連用了風聲、雨聲、秋蟲鳴叫聲和雨打芭蕉聲，通過這些音響在人物心靈上引起感受，來表現人物的愁絲恨縷。曲子寫得聲情合一，情景交融，真切感人，是一件言情的珍品。」見賀新輝主編：《元曲鑑賞辭典》（北京市：中國婦女出版社，1988 年 5 月一版一刷），頁 165。

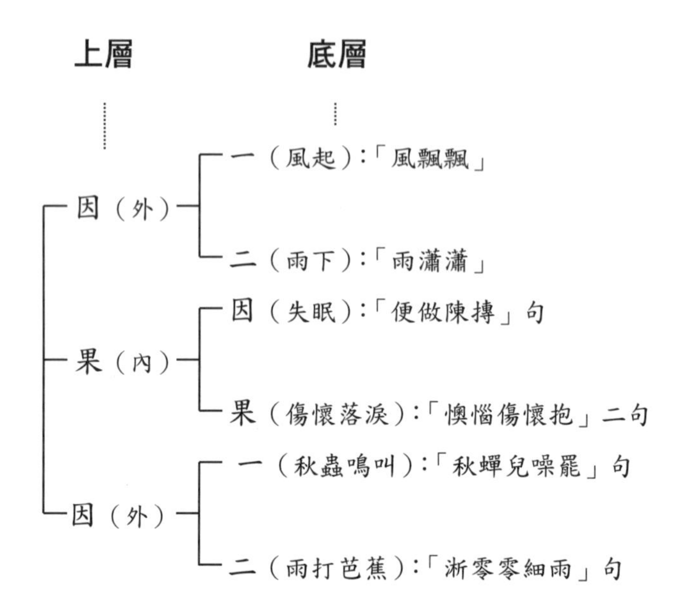

由上表可看出，作者在這首令曲裡，主要是用「因果」與「並列」章法來表達意（內情）象（外景），產生「異質同構」而形成其篇章。其質、構關係如下圖：

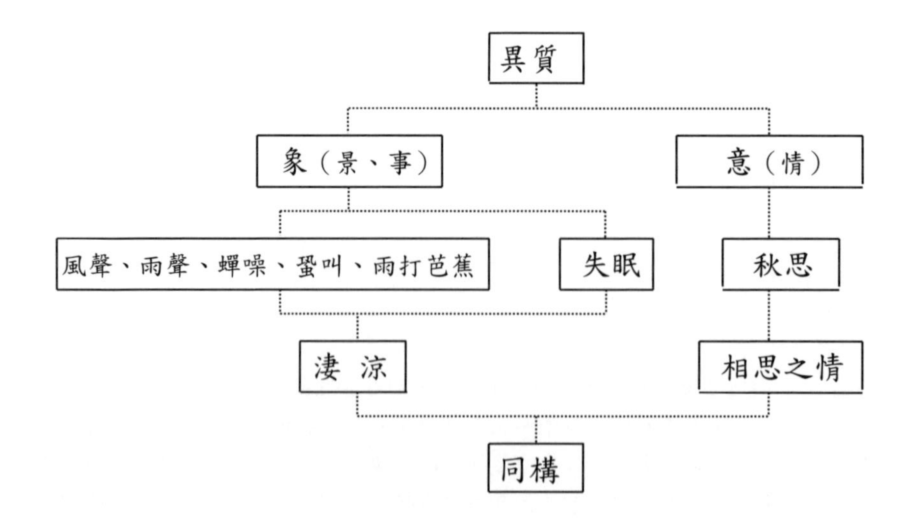

這樣，篇章之「意」（情）與「象」（景、事），便產生「異質同構」之作用而連結在一起了。這對這對照著章法結構來看，是更為清楚的，而其密切關係，也可一目了然。

這種「異質同構」說，涉及心理學與美學。王希杰指出臺灣章法學之研究：

> 把章法變成一門科學——可以把握，有規律規則可以遵循的學問。……已經初步建立了一個比較完整的章法學體系。……包含了「章法哲學」和「章法美學」，接近了「章法心理學」。[31]

而鄭頤壽也指出：

> 臺灣學者研究辭章章法學「從多科切入」，從文章學、詩學、邏輯學、修辭學、風格學等切入，還要進一步從美學、心理學切入。[32]

如此多科融合，是必須持續不斷的。

---

31 王希杰：〈陳滿銘教授和章法學〉，同第一章註 2，頁 1-4。

32 鄭頤壽：〈臺灣辭章學研究述評及其與大陸的異同比較〉，同第一章註 2，頁 32。

二　章法與修辭藝術

人的思維，往往是在客觀之「邏輯」中有主觀之「形象」、在主觀之「形象」中有客觀「邏輯」的。因此，以客觀性邏輯思維為主的「章法」來說，便往往帶有主觀性形象思維在內；而以主觀性形象思維為主的「修辭」而言，則便往往帶有客觀性邏輯思維在內，兩者關係密切。茲以辛棄疾〈生查子．簡吳子似縣尉〉詞為例作觀察：

> 高人千丈崖，太古儲冰雪。六月火雲時，一見森毛髮。俗人如盜泉，照影都昏濁。高處挂吾瓢，不飲吾寧渴。

此詞寫作者尊賢嫉惡，不與世俗同流合污的高尚情操。

以「章法」而言，作者用「先正後反」（上層）包孕兩疊「先點後染」（次層）結構，分別把高人（正：點一）與俗人（反：點二），比作高崖上的冰雪（染一）與盜泉裡的泉水（染二），來加以刻畫描繪，使他們成為一個強烈的對照。就在兩疊「染」的部分裡，又用兩疊「先因後果」（底層）的結構，將「千丈崖」所以令人「森毛髮」、「盜泉」令人寧渴「不飲」的原因交代清楚，強化其對比性。喻朝剛說：「此篇係以詞代簡、自明心志之作。上片寫對高人的崇敬，下片說對俗人的鄙棄。全篇通過生動的形象和鮮明的對比，表達了作者尊賢嫉惡，不與世俗同流合污的高尚情操」[33]。對比如此強烈，使此詞之主旨與風格更加明晰，而增加不少感染力。

---

33 喻朝剛：《辛棄集及其作品》（長春市：時代文藝出版社，1989 年 3 月一版一刷），頁 242。

以「修辭」而言，此詞把高人與俗人，分別譬喻作高崖上的冰雪與盜泉裡的泉水，來加以刻畫描繪，使他們成為一個強烈的映襯。除譬喻與映襯外，又暗中用典兩次，先是「盜泉」，典出《尸子》:「孔子過於盜泉，渴矣而不飲，惡其名也。」[34]後是「挂瓢」，典出《逸士傳》，也用於作者的另一首〈水龍吟〉（稼軒何必長貧），朱德才、薛祥生、鄧紅梅注說:「《逸士傳》:『許由手捧水飲，人遺一瓢，飲訖，挂木上，風吹有聲，由以為煩，去之。』此雙關語意，既切『瓢泉』之『瓢』，又托諷現實：瓢有聲而碎，何如作啞矣自全；亦遠世自高之意。」並讚美此〈生查子〉說:「全詞運用對比手法來構章，效果鮮明；全篇形成了由兩大比喻生發出的隱喻象徵系統，來表明他對高人和俗人的不同觀感和態度。另外，在用典上，這首詞也直入於化境：不生澀，不呆板，不膚淺，閱讀起來毫無障礙，博學通典者固然可以覺出其妙處，即不知出處者也能明白它的含意。用典到這一境界，十分神奇而美妙。」[35]此辭修辭技巧之妙，由此可知。

分開看是如此，若將兩者合起來一一對應、切合，則可形成如下結構系統表：

34 水渭松譯註、陳滿銘校閱：《新譯尸子讀本》（臺北市：三民書局，1997 年 1 月初版），頁 182。

35 葉嘉瑩主編，朱德才、薛祥生、鄧紅梅編：《辛棄疾詞新釋輯評》（北京市：中國書店，2006 年 1 月一版一刷），頁 533-534、1242-1243。

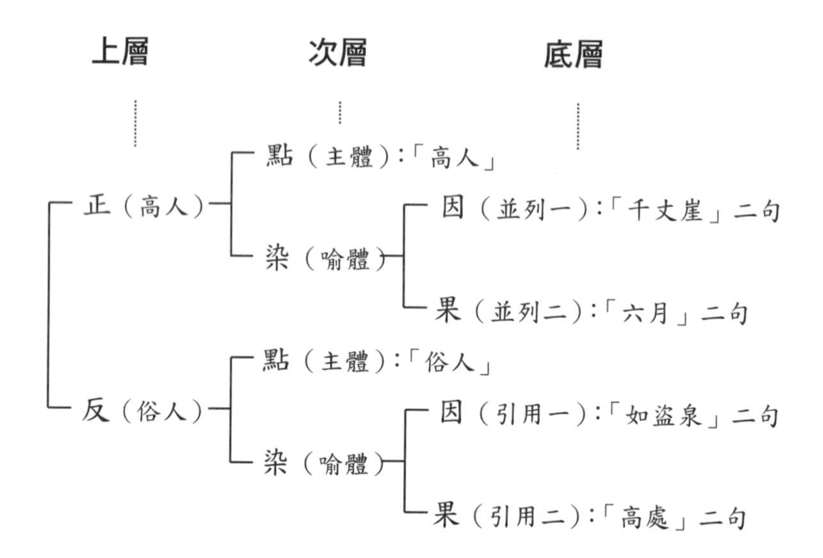

可見此詞上層以「先正襯後反襯」、次層以兩疊「譬喻（先主體後喻體）」、底層又以兩疊「並列（一、二」）[36]，使修辭在其「形象」技巧外又「邏輯」來組織。相對地，「章法」在上層以「先正後反」、次層以兩疊「先點後染」、底層一樣以兩疊「先因後果」形成其「邏輯」外，又一一靠「形象」加以表現。這樣層層對應，由上層包孕次層、次層包孕底層，統合為一篇的「結構系統」，呈現其「形象」與「邏輯」融合的特色，以凸顯一篇主旨與風格。

因此就篇章來說，「章法」雖以「邏輯」為主，卻不能不藉「形象」來表現；「修辭」雖以「形象」為主，卻不能靠「邏輯」來組織。為此，王德春指出：

---

36 篇章修辭有「銜接並列」手段，見鄭文貞：《篇章修辭學》（廈門市：廈門大學出版社，1991 年 6 月一版一刷），頁 244-246。

> 客體及其關係是理性資訊，感情態度是感性資訊。……認為辭章是結合「形象思維」與「邏輯思維」而形成的，這是正確的看法。……認為風格學合形象思維與邏輯思維而為一，這也是正確的看法。……又認為修辭學主要以形象思維為對象，章法學主要以邏輯思維為對象，這大體上也是正確的看法。實際上，它們也是感性和理性相結合的。任何話語，既可表達理性的邏輯思維，也可表達感性的形象思維。至於每篇具體的話語，不管從什麼學科或角度都要進行具體的分析，……辭章要達成「統一」非訴諸主旨（情意）與綱領（大都為材料）不可，……充分體現了感性與理性相結合的思想。[37]

而王希杰則說：

> 修辭學只關注章法的表達效果，只從表達效果的角度切入章法現象。章法學一定是唯一以章法現象本身為研究對象的學科。[38]

這樣來看待「章法學」與「修辭學」德關係，顯然是比較清楚而合理的。

37　王德春：〈適應語言學發展趨勢的論著——評陳滿銘教授的辭章學〉，《陳滿銘與辭章章法學》，同第一章註 1，頁 49-50。

38　王希杰：〈陳滿銘教授和章法學〉，同第一章註 6，頁 4。

以上所論「角度多元」與「比較多元」，就辭章章法學體系之建構而言，是屬於「多元」的層面。

——本節相關內容，詳參《章法學綜論》第六章，《篇章結構學》第四章，《多二一（0）螺旋結構論》，《章法結構原理與教學》，《篇章意象學》第二、四章，《章法結構論》第五、六章，《比較章法學》，《章法學新論》第五、六章與《〈四書〉義理螺旋結構析論》

第六章
體系中的系統性

辭章章法學是以「雙螺旋與『多二一（0）』」與「『多二一（0）』與螺旋系統」作統合，以建構其「系統」理論的。

第一節　雙螺旋與「多二一（0）」

大體說來，對於任何思想體系之形成，關涉得最密切的，莫過於「本末」問題。就以中國哲學中的「理」與「氣」、「有」與「無」、「道」與「器」、「體」與「用」、「動」與「靜」、「一」與「兩」、「知」與「行」、「性」與「情」、「天」與「人」……等「陰陽二元」之範疇[1]而言，即有本有末。它們無論是「由本而末」或「由末而本」，均可形成「順」或「逆」的單向本末結構。而一般學者也都習慣以此單向來看待它們，卻往往忽略了它們所形成之「互動、循環、往復而提高」的螺旋結構。

而所謂「螺旋」，本用於教育課程之理論上，早在十七世紀，即由捷克教育家夸美紐斯所提出，《教育大辭典》解釋說：

> 螺旋式課程（spiral curriculum）圓周式教材排列的發展，十七世紀捷克教育家夸美紐斯提出，教材排列採用圓周式，以

1 葛榮晉：《中國哲學範疇導論》（臺北市：萬卷樓圖書公司，1993 年 4 月初版一刷），頁 1-650。

> 適應不同年齡階段的兒童學習。但這種提法，不能表達教材逐步擴大和加深的含義，故用螺旋式的排列代替。二十世紀六〇年代，美國心理學家布魯納也主張這樣設計分科教材：按照正在成長中的兒童的思想方法，以不太精確然而較為直觀的材料，儘早向學生介紹各科基本原理，使之在以後各年級有關學科的教材中螺旋式地擴展和加深。[2]

所謂「圓周」、「逐步擴大和加深」，指的正是「循環、往復、螺旋式提高」，《簡明國際教育百科全書》即指出：

> 螺旋式循環原則（Principle of Spiral Circulation）排列德育內容原則之一，即根據不同年齡階段（或年級），遵循由淺入深，由簡單到複雜，由具體而抽象的順序，用循環、往復、螺旋式提高的方法排列德育內容。螺旋式亦稱圓周式」。[3]

可見「螺旋」就是「不斷互動、循環、往復而提高」的意思。這種螺旋作用，可用下列簡圖來表示：

二元 → 互動 → 循環 → 往復 → 提高

---

2 顧明遠主編：《教育大辭典》（上海市：上海教育出版社，1990 年 6 月一版一刷），頁 276。

3 許建鉞編譯：《簡明國際教育百科全書》（北京市：新華書局北京發行所，1991 年 6 月一版一刷），頁 611。

這是著眼於「陰陽二元」，即「二」來說的，若以此「二」為基礎，徹上於「一（0）」、徹下於「多」，則成為「多二一（0）」之系統。而這種系統可從《周易》（含《易傳》）與《老子》等古籍中獲知梗概，它們不但由「有象」而「無象」，找出「多、二、一（0）」之逆向結構；也由「無象」而「有象」，尋得「（0）一、二、多」之順向結構；並且透過《老子》「反者道之動」（四十章）、「凡物芸芸，各復歸其根」（十六章）與《周易・序卦》「既濟」而「未濟」之說，將順、逆向結構不僅前後連接在一起，更形成循環不息的「多二一（0）」螺旋結構，以呈現中國宇宙人生觀之精微奧妙[4]。

如此照應「多二一（0）」整體，則「螺旋結構」之體系可用下圖來表示：

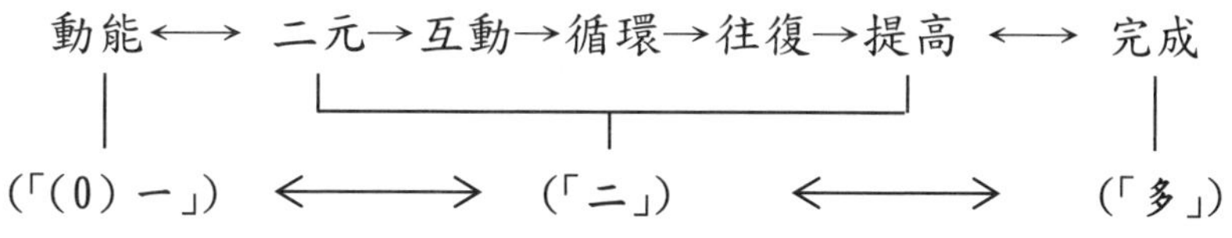

動能←→　二元→互動→循環→往復→提高　←→　完成

（「（0）一」）　←→　（「二」）　←→　（「多」）

又如果再依其順逆向，將「多」、「二」、「一（0）」加以拆解，則可呈現如下列兩式：

一、順向：「（0）一」⟶「二」⟶「多」
二、逆向：「多」⟶「二」⟶「一（0）」

4 陳滿銘：〈論「多二一（0）」的螺旋結構——以《周易》與《老子》為考察重心〉，臺灣師大《師大學報・人文與社會類》48 卷 1 期（2003 年 7 月），頁 1-20。

而這兩式是可以不斷地彼此互動、循環而往復而提高，而形成層層螺旋結構，以體現宇宙人生生生不息之生命力的。

很值得注意的是：相對於人文，近年科技界亦發現生命之「基因」和「DNA」等都呈現雙螺旋結構，約翰・格里賓著、方玉珍等譯《雙螺旋探密——量子物理學與生命》以為：

> 生命分子是雙螺旋這一發現為分子生物學揭開了新的一頁，而不是標誌著它的結束。但在我們以雙螺旋發現為基礎去進一步理解世界之前，如果能有實驗證明雙螺旋複製的本質，那麼關於雙螺旋的故事就會更加完美了。[5]

對這種「雙螺旋結構」，歐陽周、顧建華、宋凡聖編著《美學新編》也作解釋說：

> 從微觀看，由於近代物理學與生物學、化學、數學、醫學等的相互交叉和滲透，對分子、原子和各種基本粒子的研究更加深入，並取得一系列的成果。……特別要指出的是，DNA分子的雙螺旋結構模式，體現了自然美的規律：兩條互補的細長的核苷酸鏈，彼此以一定的空間距離，在同一軸上互相盤旋起來，很像一個扭曲起來的梯子。由於每條核苷酸鏈的內側是扁平的盤狀碱基，當兩個相連的互補碱基 A 連著 P，G 連著 C 時，宛若一級一級的梯子橫檔，排列整齊而美觀，十分奇妙。[6]

---

5 約翰・格里賓著、方玉珍等譯：《雙螺旋探密——量子物理學與生命》（上海市：上海科技教育出版社，2001 年 7 月），頁 225。

6 歐陽周、顧建華、宋凡聖編著：《美學新編》（杭州市：浙江大學出版社，2001 年 5 月

這樣，對應於「多二一（0）」螺旋結構來看，所謂「宛若一級一級的梯子橫檔」，該是「二」產生作用的整個歷程與結果，亦即「多」；所謂「當兩個相連的互補碱基 A 連著 P，G 連著 C」，該是「二」；而 DNA 本身的質性與動力，則該為「一（0）」。至於所謂「兩條互補的細長的核苷酸鏈，彼此以一定的空間距離，在同一軸上互相盤旋起來」，該是一順一逆、一陰一陽的螺旋結構。如果這種解釋合理，那麼，從極「微觀」（小到最小）到極「宏觀」（大到最大），都可由一順一逆的「多二一（0）」雙螺旋結構加以層層組織，以體現自然「真、善、美」之規律。

可見人文與科技雖然各自「求異」，而有不同之內容，但所謂「萬變不離其宗」，在「求同」上，不無「殊途同歸」的可能。如果是這樣，則「多二一（0）」螺旋結構之「原始性」與「普遍性」，就值得大家共同重視了。

第二節　「多二一（0）」與螺旋系統

古代的聖賢，探討宇宙萬物創生、含容的歷程，結果用「多二一（0）」的螺旋結構來呈現。大致說來，他們是先由「有象」（現象界）以探知「無象」（本體界），逐漸形成「多、二、一（0）」的逆向結構；再由「無象」（本體界）以解釋「有象」（現象界），逐漸形成「（0）一、二、多」的順向結構的。就這樣一順一逆，往復探求、驗證，久而久之，終於形成了他們圓融的宇宙人生觀。而這種宇宙人生觀，各家雖各有所見，但若只求其同而不其求異，則總括起來說，都可以從「（0）一、二、多」（順）與「多、二、一

一版九刷），頁 303。

（0）」（逆）的互動、循環而提升的螺旋關係上加以統合，而由此形成「系統」。

在《周易》的〈序卦傳〉裡，對這種「多二一（0）」結構形成之過程，就曾約略地加以交代，雖然它們或許「因卦之次，託以明義」[7]，但由於卦、爻，均為象徵之性質，乃一種概念性符號，即一般所說的「象」，象徵著宇宙人生之變化與各種物類、事類。就以《周易》（含《易傳》）而言，它的六十四卦，從其排列次序看，就粗具這種特點[8]。而各種物類、事類在「變化」中，循「由天（天道）而人（人事）」來說，所呈現的是「（一）二、多」的結構，這可說是〈序卦傳〉上篇的主要內容；而循「由人（人事）而天（天道）」來說，則所呈現的是「多、二（一）」的結構了，這可說是〈序卦傳〉下篇的主要內容。其中「（一）」指「太極」，「二」指「天地」或「陰陽」、「剛柔」，「多」指「萬物」（包括人事）。雖然「太極」（「道」）與「陰陽」（「剛柔」）等觀念與作用，在〈序卦傳〉裡，未明確指出，卻皆含蘊其中，不然「天地」失去了「太極」（「道」）與「陰陽」（「剛柔」）等作用，便不可能不斷地「生萬物」（包括人事）了。再看《易傳》：

> 乾知大始，坤作成物。（《周易・繫辭上》）
>
> 一陰一陽之謂道，繼之者善也，成之者性也。……生生之謂易，成象之謂乾，效法之謂坤。（同上）
>
> 是故易有太極，是生兩儀，兩儀生四象，四象生八卦。（同上）

---

7 戴璉璋：《易傳之形成及其思想》（臺北市：文津出版社，1988 年 11 月臺灣初版），頁 186-187。

8 《中國人性論史・先秦篇》，同第三章註 1，頁 202。又，參見馮友蘭：《中國哲學史新編》，同註 36，頁 394。

據此，《易傳》的作者用「易」、「道」或「太極」來統括「陰」（坤）與「陽」（乾），作為萬物生生不已的根源。而此根源，就其「生生」這一含意來說，即「易」，所以說「生生之謂易」；就其「初始」這一象數而言，是「太極」，所以《說文解字》於「一」篆下說「惟初太極，道立於一，造分天地，化成萬物」[9]；就其「陰陽」這一原理來說，就是「道」，所以說「一陰一陽之謂道」。分開來說是如此，若合起來看，則三者可融而為一。為此，馮友蘭分「宇宙」與「象數」加以說明：

> 《易傳》中講的話有兩套：一套是講宇宙及其中的具體事物，另一套是講《易》自身的抽象的象數系統。〈繫辭傳上〉說：「易有太極，是生兩儀，兩儀生四象，四象生八卦。」這個說法後來雖然成為新儒家的形上學、宇宙論的基礎，然而它說的並不是實際宇宙，而是《易》象的系統。可是照《易傳》的說法：「易與天地準」（同上），這些象和公式在宇宙中都有其準確的對應物。所以這兩套講法實際上可以互換。「一陰一陽之謂道」這句話固然是講的宇宙，可是它可以與「易有太極，是生兩儀」這句話互換。「道」等於「太極」，「陰」、「陽」相當於「兩儀」。〈繫辭傳下〉說：「天地之大德曰生。」〈繫辭傳上〉說：「生生之謂易。」這又是兩套說法。前者指宇宙，後者指易。可是兩者又是同時可以互換的。[10]

---

9 黃慶萱：《周易縱橫談》（臺北市：三民書局，1995 年 3 月初版），頁 33-34。

10 馮友蘭：《馮友蘭選集》上卷（北京市：北京大學出版社，2000 年 7 月一版一刷），頁 286。

他從實（宇宙）虛（象數）之對應來解釋，很能凸顯《周易》這本書特色。這樣，其順向歷程就可用「一、二、多」的結構來呈現，其中「一」指「太極」、「道」、「易」，「二」指「陰陽」、「乾坤」（天地），「多」指「萬物」（含人事）。如果對應於〈序卦傳〉由天而人、由人而天，亦即「既濟」而「未濟」之的循環來看，則可以緊密地和逆向歷程之「多、二、一」接軌，形成其螺旋結構。

就這樣，《周易》先由爻與爻的「相生相反」的變化[11]，以形成小循環；再擴及這種變化到卦，由卦與卦「相生相反」的變化，以形成大循環。而大、小循環又互動、循環不已，形成層層升降之螺旋結構。關於這點，黃慶萱說：

> 《周易》的周，……有周流的意思。《周易》每卦六爻，始於初，分於二，通於三，革於四，盛於五，終於上。代表事物的小周流。再看六十四卦，始於〈乾卦〉的行健自強；到了六十三掛的〈既濟〉，形成了一個和諧安定的局面；接著的卻是〈未濟〉，代表終而復始，必須作再一次的行健自強。物質的構成，時間的演進，人士的努力，總循著一定的周期而流動前進，於是生命進化了，文明日益發展。[12]

所謂「周流」、「終而復始」、「周期而流動前進」，說的就是《周易》變化不已的螺旋式結構。而這種結構，如對應於「三易」（《易緯・乾鑿度》）而言，則「多」說的是「變易」、「二」說的是「簡

---

11 勞思光：「爻辭論各爻之吉凶時，常有『物極必反』的觀念。具體地說，即是卦象吉者，最後一爻多半反而不吉；卦象凶者，最後一爻有時反而吉。」見《新編中國哲學史》一，同第三章註 11，頁 85-86。

12 《周易縱橫談》，同本章註 9，頁 236。

易」，而「一」說的是「不易」。因此「三易」不但可概括《周易》之內容與特色，也可以呈現「多二一」的螺旋結構。

這種螺旋結構，在《老子》一書中，不但可以找到，而且更完整：

> 道可道，非常道；名可名，非常名。无，名天地之始；有，名萬物之母。（〈一章〉）
>
> 致虛極，守靜篤，萬物並作，吾以觀復。凡物芸芸，各復歸其根。歸根曰靜，是謂復命，復命曰常。知常曰明。（〈十六章〉）
>
> 道之為物，惟恍惟惚。惚兮恍兮，其中有象。恍兮惚兮，其中有物。窈兮冥兮，其中又精。其精甚真，其中有信。（〈二十一章〉）
>
> 有物混成，先天地生，寂兮寞兮，獨立不改，周行而不殆，可以為天下母，吾不知其名，字之曰道，強為之名曰大。大曰逝，逝曰遠，遠曰反。（〈二十五章〉）
>
> 知其雄，守其雌，為天下谿；常德不離，復歸於嬰兒。知其白，守其黑，為天下式；為天下式，常德不忒，復歸於無極。知其榮，守其辱，為天下谷；為天下谷，常德乃足，復歸於樸。（〈二十八章〉）
>
> 反者道之動，弱者道之用。天下萬物，生於有，有生於无。（〈四十章〉）
>
> 道生一，一生二，二生三，三生萬物。萬物負陰而抱陽，沖氣以為和。（〈四十二章〉）

從上引各章裡，不難看出老子這種由「无（無）」而「有」而「无

（無）」的主張。所謂「道可道非常道」、「道之為物，惟恍惟惚」、「道生一，一生二，二生三，三生萬物」、「有生於无」、「有物混成，先天地生，……可以為天下母」等，都是就「由无（無）而有」的順向過程來說的。而所謂「反者道之動」、「復歸於無極」、「復歸於樸」，是就「有」而「无（無）」的逆向過程來說的。而這個「道」，乃「創生宇宙萬物的一種基本動力」，如就本末整體而言，是「无」（無）與「有」的統一體；如單就「本」（根源）而言，則因為它「不可得聞見」（《韓非子・解老》），「所以老子用一個『無（无）』字來作為他所說的道的特性」[13]。而「由无（無）而有」，所說的就是「由一而多」之宇宙萬物創生的過程，所以宗白華說：

> 道的作用是自然的動力、母力，非人為的，非有目的及意志的。「萬物生於有，有生於无」這個素樸混沌一團的道體，運轉不已，化分而成萬有。故曰：「大道氾兮，其可左右。」（三十四章）「周行而不殆。」（二十五章）「反者道之動。」（四十章）「樸，則散為器。聖人用之，則為官長。」（廿八章）道體化分而成萬有的過程是由一而多，由无形而有形。[14]

而徐復觀也說：

> 宇宙萬物創生的過程，乃表明道由無形無質以落向有形有質的過程。但道是全，是一。道的創生，應當是由全而分，由

13 《中國人性論史・先秦篇》，同第三章註 1，頁 329。

14 林同華主編：《宗白華全集》2（合肥市：安徽教育出版社，1994 年 12 月一版二刷），頁 810。

一而多的過程。[15]

如就「有」而「无（無）」，亦即「多而一」來看，老子在此是以「反」作橋樑加以說明的。而這個「反」，除了「相反」、「返回」之外，還有「循環」的意思。勞思光闡釋「反者道之用」說：

「動」即「運行」，「反」則包含循環交變之義。「反」即「道」之內容。就循環交變之義而言，「反」以狀「道」，故老子在《道德經》中再三說明「相反相成」與「每一事物或性質皆可變至其反面」之理。[16]

而姜國柱也說：

「道」的運動是周行不殆，循環往復的圓圈運動。運動的最終結果是返回其根：「復歸其根」、「復歸於樸」。這裡所說的「根」、「樸」都是指「道」而言。「道」產生、變化成萬物，萬物經過周而復始的循環運動，又返回、復歸於「道」。老子的這個思想帶有循環論的色彩。[17]

這強調的是「循環」，乃結合「相反」之義來加以說明的。

如此「相反相成」、循環不已，說的就是「變化」，而「變化」的結果，就是「返回」至「道」本身，這可說是變化中有秩序、秩

15 《中國人性論史．先秦篇》，同第三章註 1，頁 337。

16 《新編中國哲學史》，同第三章註 11，頁 240。

17 姜國柱：《中國歷代思想史》〔壹、先秦卷〕（臺北市：文津出版社，1993 年 12 月初版一刷），頁 63。

序中有變化之一個循環歷程。

這樣，結合《周易》和《老子》來看，它們所主張的「道」，如僅著眼於其「同」，則它們主要透過「相反相成」、「返本復初」而循環不已的作用，不但將「一、多」的順向歷程與「多、一」的逆向歷程前後銜接起來，更使它們層層推展，循環不已，而形成了螺旋式結構，以呈現宇宙創生、含容萬物之原始規律。

就在這「由一而多」（順）、「多而一」（逆）的過程中，是有「二」介於中間，以產生承「一」啟「多」的作用的。而這個「二」，從「道生一，一生二，二生三，三生萬物」等句來看，該就是「一生二，二生三」的「二」。雖然對這個「二」，歷代學者有不同的說法，大致說來，有認為只是「數字」而無特殊意思的，如蔣錫昌、任繼愈等便是；有認為是「天地」的，如奚侗、高亨等便是，有認為是「陰陽」的，如河上公、吳澄、朱謙之、大田晴軒等便是。其中以最後一種說法，似較合於原意，因為老子既說「萬物負陰而抱陽」，看來指的雖僅僅是「萬物的屬性」，但萬物既有此屬性，則所謂有其「委」（末）就有其「源」（本），作為創生源頭之「一」或「道」，也該有此屬性才對，所差的只是，老子沒有明確說出而已。所以陳鼓應解釋「道生一」章說：

> 本章為老子宇宙生成論。這裡所說的「一」、「二」、「三」乃是指『道』創生萬物時的活動歷程。「混而為一」的『道』，對於雜多的現象來說，它是獨立無偶，絕對對待的，老子用「一」來形容『道』向下落實一層的未分狀態。渾淪不分的『道』，實已稟賦陰陽兩氣；《易經》所說「一陰一陽之謂『道』」；「二」就是指『道』所稟賦的陰陽兩氣，而這陰陽兩氣便是構成萬物最基本的原質。『道』再向下落漸趨於分

> 化，則陰陽兩氣的活動亦漸趨於頻繁。「三」應是指陰陽兩氣互相激盪而形成的均適狀態，每個新的和諧體就在這種狀態中產生出來。[18]

而黃釗也說：

> 愚意以為「一」指元氣（從朱謙之說），「二」指陰陽二氣（從大田晴軒說），「三」即「叁」，「參」也。若木《薊下漫筆》「陰陽三合」為「陰陽參合」。「三生萬物」即陰陽二氣參合產生萬物。[19]

他們對「一」與「三」（多）的說法雖有一些不同，但都以為「二」是指「陰陽二（兩）氣」。而這種「陰陽二氣」的說法，其實也照樣可包含「天地」在內，因為「天」為「乾」為「陽」，而「地」則為「坤」為「陰」；所不同的，「天地」說的是偏於時空之形式，用於持載萬物；而「陰陽」指的則是偏於「二氣之良能」（朱熹《中庸章句》），用於創生萬物。這樣看來，老子的「一」該等同於《易傳》之「太極」、「二」該等同於《易傳》之「兩儀」（陰陽），因此所呈現的，和《周易》（含《易傳》）一樣，是「一、二、多」與「多、二、一」之原始結構。不過，值得一提的是：（一）即使這「一」、「二」、「多」之內容，和《周易》（含《易傳》）有所不同，也無損於這種結構的存在。（二）「道生一」的

---

18 陳鼓應：《老子今注今譯及評介》（臺北市：臺灣商務印書館，1985 年 2 月修訂十版），頁 106。

19 以上諸家之說與引證，見黃釗：《帛書老子校注析》（臺北市：臺灣學生書局，1991 年 10 月初版），頁 231。

「道」，既是「創生宇宙萬物的一種基本動力」，而它「本身又體現了無（无）」[20]，那麼正如王弼所注「欲言無（无）耶，而物由以成；欲言有耶，而不見其形」[21]，老子的「道」可以說是「无」，卻不等於實際之「無」（實零）[22]，而是「恍惚」的「无」（虛零），以指在「一」之前的「虛理」[23]。這種「虛理」，如勉強以「數」來表示，則可以是「（0）」。這樣，順、逆向的結構，就可調整為「（0）一、二、多」（順）與「多、二、一（0）」（逆），以補《周易》（含《易傳》）之不足，這就使得宇宙萬物創生、含容的順、逆向歷程，更趨周延了。

如此，這種「多二一（0）」螺旋結構，可視為「方法論」原則甚至系統[24]，因此其適應面是極廣的。在此特先落於就「一般能力」（適用於各學科）而言的「思維系統」與「特殊能力」（適用於語文學科）的「辭章內涵」，然後落在「特殊能力」之一的「章法結構」上[25]，分作簡單說明，以概其餘。

首先落於就「一般能力」（適用於各學科）而言的「思維系統」上看，由於「思維」是人類一切知行活動的原動力，而「思維」又始終以「意象」為內容，所以「意象」是可以通貫「思維」之各個層面，以形成「思維（意象）系統」的。如就能力一面而

20 林啟彥：《中國學術思想史》（臺北市：書林出版社，1999 年 9 月一版四刷），頁 34。

21 《老子王弼注》（臺北市：河洛圖書出版社，1974 年 10 月臺景印初版），頁 16。

22 《馮友蘭選集》上卷，同本章註 10，頁 84。

23 唐君毅：《中國哲學原論．導論篇》（臺北市：臺灣學生書局，1993 年 2 月校訂版第二刷），頁 350-351。

24 陳滿銘：〈論章法結構之方法論系統——歸本於《周易》與《老子》作考察〉，同第二章註 9。

25 陳滿銘：〈論語文能力與辭章研究——以「多二一（0）」螺旋結構作考察〉，臺灣師大《國文學報》36 期（2004 年 12 月），頁 67-102。

言，主要包括思維力、觀察力、記憶力、聯想力、想像力、創造力等。從它們的邏輯關係來說，它們初由「觀察力」與「記憶力」的兩大支柱豐富「意象」，再由「聯想力」與「想像力」的兩大翅膀拓展「意象」（多），接著由「形象」與「邏輯」的兩大思維（二）運作「意象」，然後由「統合思維」統合「意象」（一（0）），以發揮最大的「創造力」。如此週而復始，便形成「多二一（0）」的螺旋結構以反映「思維系統」或「意象系統」[26]。其關係如下圖：

26 陳滿銘：〈論章法結構與意象系統——以「多二一（0）」螺旋結構切入作考察〉，《江南大學學報．人文社會科學版》4 卷 4 期（2005 年 8 月），頁 70-77。

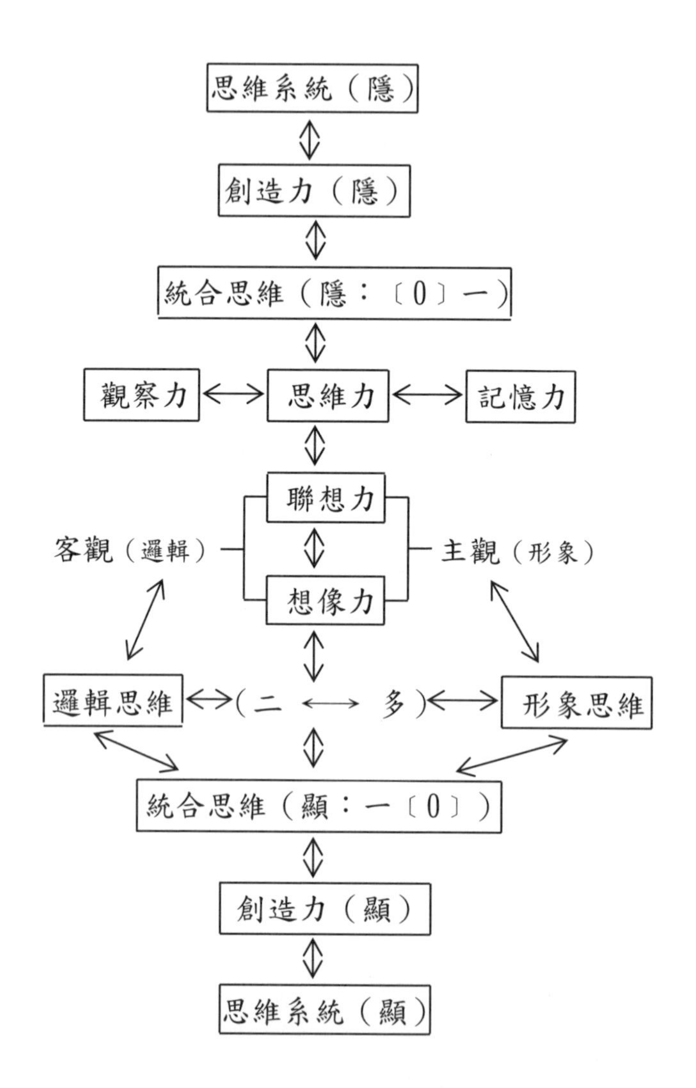

由此可見，在這種由「隱」而「顯」地呈現「意象系統」整個歷程裡，是完全離不開「思維力」（含觀察、記憶、聯想、想像、創造）之運作的。

其次落於「特殊能力」（適用於語文學科）的「辭章內涵」來看，辭章是離不開「意象」的。而「意象」有廣義與狹義之別：廣義者指全篇，屬於整體，可以析分為「意」與「象」，形成「二元」；狹義者指個別，屬於局部，往往合「意」與「象」為一來稱呼。而整體是局部的總括、局部是整體的條分，所以兩者關係密切。不過，必須一提的是，狹義之「意象」，亦即個別之「意象」，雖往往合「意」與「象」為一來稱呼，卻大都用其偏義，造成「包孕」的效果，譬如草木或桃花的意象，用的是偏於「意象」之「意」，因為草木或桃花都偏於「象」；如「桃花」的意象之一為愛情，而愛情是「意」；而團圓或流浪的意象，則用的是偏於「意象」之「象」，因為團圓或流浪，都偏於「意」；如「流浪」（飄浮不定）的意象之一為浮雲，而浮雲是「象」。因此前者往往是一「象」多「意」，後者則為一「意」多「象」。而它們無論是偏於「意」或偏於「象」，通常都通稱為「意象」。如著眼於整體（含個別）的「意象」（意與象）來看，則它應於統合思維，能統合形象思維與邏輯思維，並貫穿辭章的各主要內涵，以見意象在辭章上之地位[27]。其關係可呈現如下圖：

27 陳滿銘：〈意、象互動論──以「一意多象」與「一象多意」為考察範圍〉，中山大學《文與哲》學報 11 期（2007 年 12 月），頁 435-480。

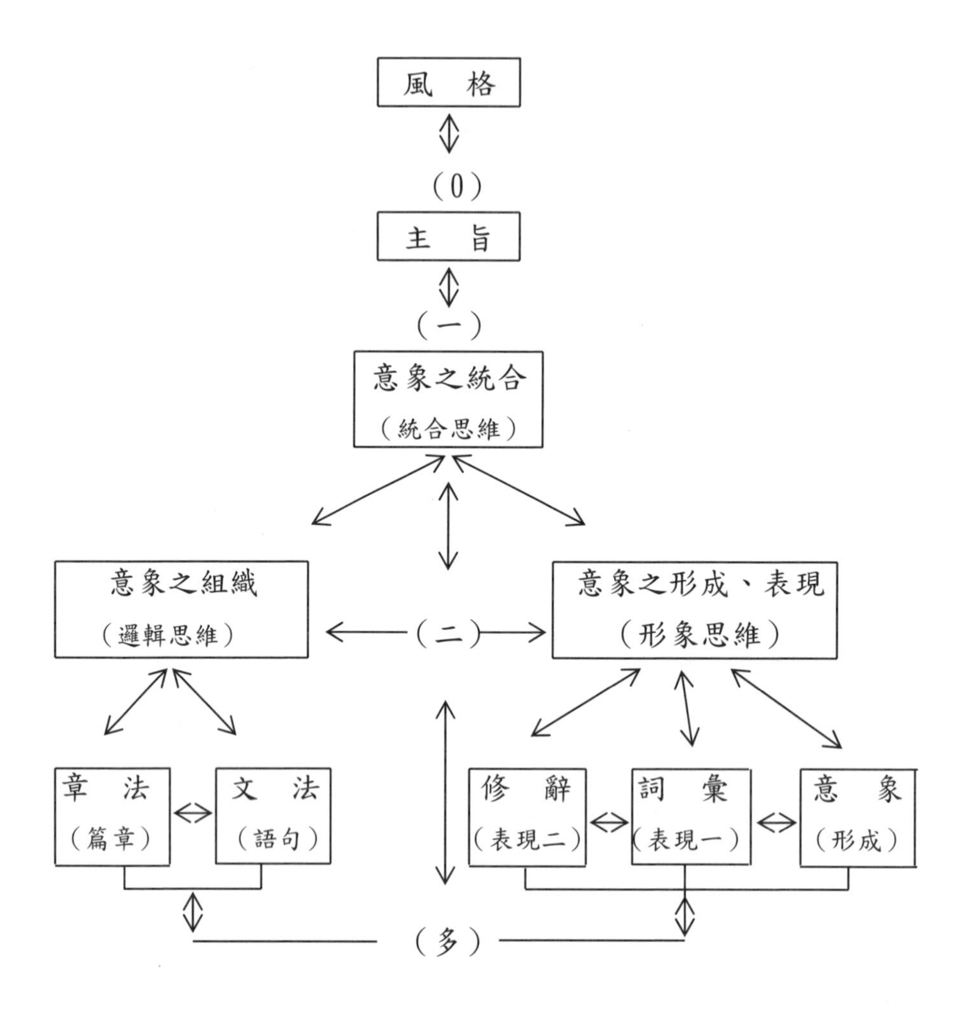

這樣由「（0）一」（統合思維：風格與主旨）而「二」（形象思維、邏輯思維）而「多」（意象〔個別〕、詞彙、修辭、文法、章法），是屬於逆向過程，為「寫作」；而由「多」（意象〔個別〕、詞彙、修辭、文法、章法）而「二」（形象思維、邏輯思維）而「一（0）」（統合思維：主旨與風格），乃屬於逆向過程，為「閱讀」，兩者可說順、逆疊合，形成「螺旋」，關係極其密切。

在此，特以李煜〈相見歡〉詞兩首之一為例，略作說明，以見一斑：

> 林花謝了春紅，太匆匆。無奈朝來寒雨、晚來風。　　胭脂淚，相留醉，幾時重？自是人生長恨、水長東。

此詞旨在借寫傷春傷別，以暗寓亡國之恨，是採「先景後情」（上層）的結構寫成的。

就「景」來看，這主要透過「聯想」，著眼於「象」來寫的，含上片三句，用「先果後因」（次層）的結構，寫林花在寒風急雨的不斷摧殘下，很快地卸下它們的紅衣而哀謝。其中「林花」二句是「果」，而「無奈」句為「因」。以「果」而言，用「先主後副」（三層）的結構來寫。本來林花謝紅的景象，已夠令人為之惋惜哀傷，而如今卻謝得「太匆匆」，使得本就已經十分濃摯的哀惜之情更趨強烈。而就「因」而言，則對林花何以匆匆謝紅的原因，作了直接的交代。在主人翁眼裡，這些花已不再是花，而是過去的一段美好時光。但這段時光，卻因曹彬以迅雷不及掩耳之勢兵臨城下，而整個結束了，這是萬萬想不到，是無可奈何的。

就「情」來看，這主要是經由「聯想」與「想像」，著眼於「意」來寫的，含下片四句，用「先因後果」（次層）而以「因」包孕「先實（現在）後虛（未來）」（三層）與「先今後昔」（底層）的結構加以呈現。它先以「胭脂淚」三句，承上個部分之落紅來敘寫好景不再的哀愁。作者以「胭脂」代指花紅，又加上一個「淚」字，將它擬人化，以產生更大的感染力量。值得注意的是：

在此「說花即以說人」[28]，而這「人」該是指「宮娥」而言，於是時間由縣再推回過去，想起當年她們流著「胭脂淚」來送別，使自己也痛苦得「揮淚」相對（見〈破陣子〉）；如今面對著帶雨的落紅，豈不是會想起當年「辭廟」的一幕，而感傷重逢無日嗎？至於「幾時重」，則時間由過去推向未來，表達了這種沈痛；這兼含「聯想」與「想像」兩種思維在內。寫到這裡，很自然地由這個「因」而帶出它的「果」，以「自是」句來總結這份悠悠長恨，作者在另一首〈子夜歌〉裡說：「人生愁恨何能免，銷魂獨我情何限！」表達的就是這種「天」、「人」互動的痛苦，令人難於負荷；這主要涉及了「聯想」思維。

這首詞即景（象）抒情（意），通過春殘花謝的景象，抒發了人生失意的無限悵恨。而這種悵恨，顯然又已超越了李後主個人，而具有普遍性。其詞情之深在此，其詞境之奇亦在此，而創造力之偉大也由此表現出來。

---

28 唐圭璋：《唐宋詞簡釋》（臺北市：木鐸出版社，1982 年 3 月初版），頁 40。

附結構系統分析表供參考：

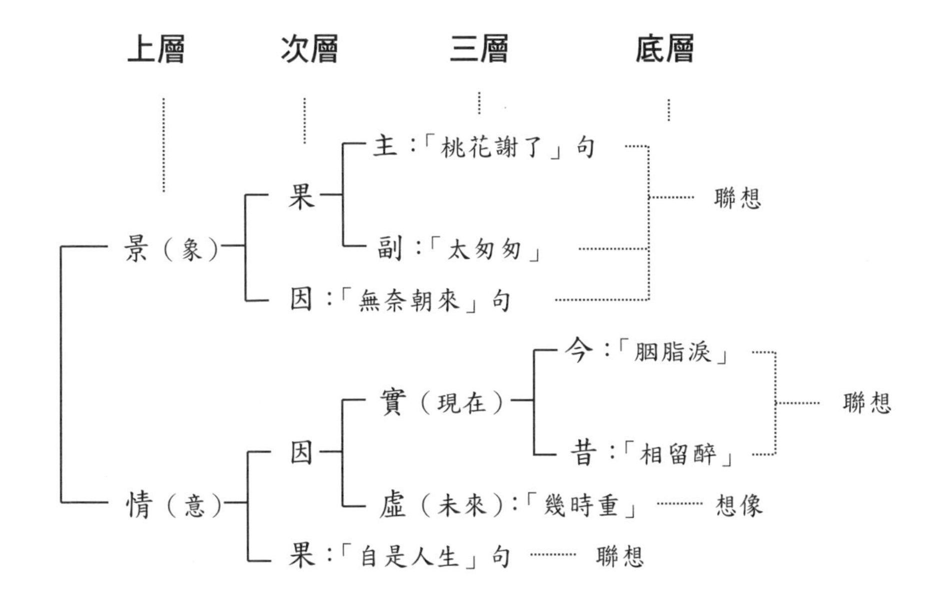

如由此凸顯其風格中的陰（柔）陽（剛）成分，則可分層表示如下：

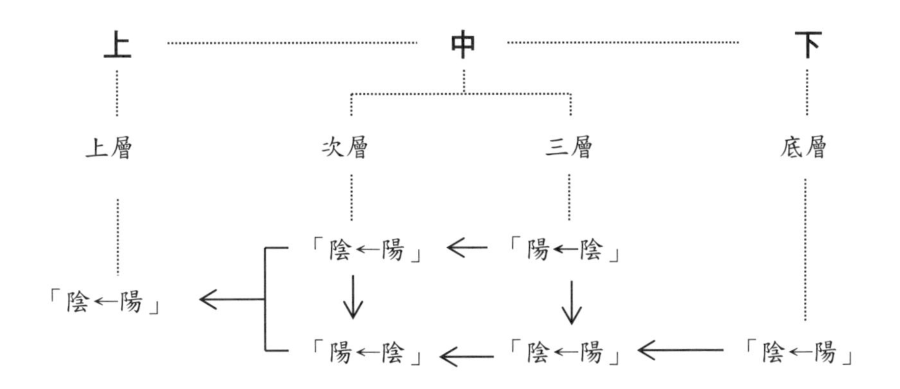

此詞之主旨為「長恨」，置於篇末；而所形成的是屬於「偏柔」（柔中寓剛）的風格，因為各層結構的剛柔之「勢」，流向「陽

剛」的只有兩個，而流向「陰柔」得卻有四個，尤其是其核心結構[29]為上層之「先實（景）後虛（情）」，使「勢」顯然強烈地趨於「陰柔」，因此其中的成分是「陰柔」多於「陽剛」的[30]。

綜結此詞，可歸納成如下重點：

一　一般能力層

在此，特別值得注意的是「聯想」與「想像」兩種思維力之運用，本詞雖未忽略「想像力」，卻以「聯想力」為主。楊敏如釋此詞云：「借傷春為喻，恨風雨摧花。『林花謝了春紅』，對這個文采風流的皇帝來說，正好用來比擬他的天堂的傾落。……『胭脂淚』，濃縮地描繪了經風著雨的『春紅』的一副慘澹的樣子，既有概括，又有形象。……俞平伯《讀詞偶得》：『……蓋「春紅」二字已遠為「胭脂」作根，而匆匆風雨，又處處關合「淚」字。春紅著雨，非胭脂淚歟，心理學者所謂「聯想」也。』」[31]，這樣來看待此詞，很能掌握作者敏銳的思維能力。

二　特殊能力層

在此，可分如下三層加以觀察：

---

29 核心結構對篇章主旨與風格的影響最大。參見陳滿銘：〈論章法「多、二、一（0）」的核心結構〉，同第五章註 8，頁 71-94。

30 由此圖可知，此詞含四層結構，如進一步地加以量化，則其結果是：「陰 60 陽 40」，乃「偏柔」的作品。其量化原理及公式，見陳滿銘：〈章法風格論——以「多、二、一（0）」結構作考察〉，《成大中文學報》12 期（2005 年 7 月），頁 147-164。

31 葉嘉瑩主編：《南唐二主詞新釋輯評》（北京市：中國書店，2005 年 1 月一版五刷），頁 102-104。

(一)形象思維：此含意象之形成與表現，主要關涉「詞彙」與「修對此，唐圭璋在其《唐宋詞簡釋》中說：「『太匆匆』三字，極傳驚嘆之神，『無奈』句，又轉怨恨之情，說出林花所以速謝之故。朝是雨打，晚是風吹，花何以堪，說花即以說人，語固雙關也。『無奈』二字，且見無力護花、無計回天之意，一片珍惜憐愛之情，躍然紙上。……『自是』句重落。以水之必然長東，喻人之必然長恨，語最深刻。『自是』二字，尤能揭出人生苦悶之義蘊。」[32] 陳弘治《唐宋詞名作析評》也說：「南唐的亡國，後主的『歸為臣虜』，是出乎他意料的，所以有『太匆匆』的驚歎。」[33] 傅正谷和王沛霖在《唐宋詞鑑賞集成》則說：「『胭脂淚』，是擬人手法的運用。胭脂，本女人搽臉的紅粉，此則指凋零的『林花』，亦即所謂的『謝了春紅』。胭脂和淚，是說那飄落遍地的紅花，被夾著晚風吹來的寒雨打濕，猶如美人傷心之極而和著胭脂滴下的血淚。『謝了春紅』的『林花』本不會落淚，淚是詞人賦予它的。」[34] 而周汝昌則說：「以『春紅』二字代『花』，即是修飾，即是藝術。……過片三字句三疊句，……老杜的名句『林花著雨胭脂濕』，……後主分明從杜少陵的『林花』而來，……只運化了三字而換了一個『淚』字來代『濕』，於是便青出於藍，而大勝於藍，便覺全幅因此一字而生色無限。『淚』字已是傳奇，但『醉』字也非趁韻諧音的忘下之字。此醉，非陶醉俗義，蓋悲傷淒惜之甚，心如迷醉也。末句略如上片歇拍長句，也是運用疊字銜聯法：『朝來』、『晚來』，『長恨』、『長東』，前後呼應更增其異曲同工之妙，

---

32 《唐宋詞簡釋》，同本章註 28。

33 陳弘治：《唐宋詞名作析評》（臺北市：文津出版社，1977 年 10 月再版），頁 87。

34 唐圭璋主編：《唐宋詞鑑賞集成》（香港：中華書局香港分局，1987 年 7 月初版），頁 124。

即加倍具有強烈的感染力量。」[35]可見所用「詞彙」中的「春紅」、「太匆匆」、「無奈」、「淚」、「醉」與「自是」等，既最能傳神；而修辭中的「感嘆」、「雙關」、「譬喻」、「擬人」、「借代」、「類疊」、「映襯」與「引用」等藝術手法，又使作品「生色無限」。

（二）邏輯思維：此指意象之組織，主要涉及語句層面的「文（語）法」與篇章層面的「章法」。對此，周汝昌說：「上片三句，亦千迴百轉之情懷，有匪特一筆三過折也。」[36]喬櫻、于淑月說：「周振甫先生分析李煜詞時引《文心雕龍・隱秀篇》的命意，指出李煜亡國後的詞，既是『隱』— 情在言外，又是『秀』— 狀溢目前。……這首〈烏夜啼〉（即〈相見歡〉）足以當隱秀之稱。……上片三句，一句一折。……首句敘其事，次句一斷，夾議，三句溯其經過因由。」[37]楊敏如說：「上闋長短三句，自然淋瀝，一句一折，一氣貫下。下闋三個短句，承接上闋，又是一句一折，一氣貫下。」[38]就邏輯結構而言，這裡所謂的「隱秀」，就是「情景」，屬本詞結構系統中的上層結構，涉及章法；所謂的「上片三句，一句一折」，指的就是次層「先果後因」（複句）與三層「果」中「先主後副」（主副句法）的結構，涉及文（語）法與章法；所謂「下闋三個短句，承接上闋，又是一句一折，一氣貫下」，指的就是三層「先實（現在）後虛（未來）」與底層「實（現在）」中「先今後昔」，形成「現在→過去→未來」（複句）的結構，也涉及文（語）法與章法。可見此詞之邏輯思維是相當富於變化的。

---

35 唐圭璋、繆鉞、葉嘉瑩等：《唐宋詞鑑賞辭典》（上海市：上海辭書出版社 1988 年 4 月一版十五刷），頁 126。

36 同上註。

37 潘慎主編：《唐五代詞鑑賞辭典》（北京市：北京燕山出版社，1997 年 6 月一版二刷），頁 388。

38 《南唐二主詞新釋輯評》，同本章註 31，頁 103。

（三）統合思維：此含意象之綜合，主要關涉「主題」（主旨）與「風格」。對此，何均地說：「這首詞別有深意，萬勿滿足於惜花傷別的理解。深一層的意思是以林花之遭風雨催殘而凋謝，象徵自己國家之被滅亡而身為國主之歡樂生活的喪失；以對美人的不得重逢，象徵不得重返故國，從而抒發他不敢明言的感傷、悲苦、怨恨和絕望的心情。」[39]喬櫻、于淑月說：「李煜此詞以花喻人喻情，狀花直在目前，感慨也爽直明快，正所謂『秀』。但其中就包含著深意，要讀詞者去品味，去咀嚼。詞外之情，深深無盡。此所謂『隱』吧。此詞股人常用『濡染大筆』四字來評價，豈是一般的評語。」[40]楊敏如說：「《相見歡》兩首，都是李煜入宋後詞作中之名篇，最為淒婉。是李清照在她的《詞論》中特別指出的所謂『亡國之音哀以思』。……上闋結句，宛轉回環，極陰柔之美。……最後，……妙筆天成，凝重有力，富有陽剛之美。俞平伯《讀詞偶得》：『……後主之詞，兼有陽剛陰柔之美。』」就「主題」（主旨）而言，所謂「隱秀」即「潛顯」[41]，李煜此詞之「主題」（主旨）確實是「顯中有潛」的。就「風格」而言，李煜此詞既「宛轉回環」又「凝重有力」，如此，與其說是「剛柔適中」，不如說是「柔中寓剛」來得貼切。周振甫說李煜「亡國後的詞，在清新秀麗，深沉淒婉，形成他的風格」[42]，很有道理。

---

39 蔡厚示主編：《李璟李煜詞賞析集》（成都市：巴蜀書社，1988 年 9 月一版一刷），頁 76。

40 《唐五代詞鑑賞辭典》，同本章註 37。

41 陳滿銘：〈辭章篇旨辨析——以其潛性與顯性切入作探討〉，中興大學《興大中文學報》28 期（2010 年 12 月），頁 137-162。

42 周振甫：《文學風格例話》（上海市：上海教育出版社，1989 年 7 月一版一刷），頁 135。

三　綜合能力層

在此，聚焦於「創造力」中「情性之爽直」、「藝術之天巧」與「境界之擴大」三層來看。關於「情性之爽直」與「藝術之天巧」兩層，周汝昌說：「南唐後主的這種詞，都是短幅的小令，況且明白如話，不待講析，自然易曉。他所『依靠』的，不是粉飾裝作，扭捏以為態，雕琢以為工，這些在他都無意為之，所憑的只是一片強烈直爽的情性。其筆亦天然流麗，如不用力，只是隨手抒寫。這些自屬有目共見。但如以為他這『隨手』就是任意『胡來』，文學創作都是以此為『擅場』，那自然也是一個笑話。即如首句，先出『林花』，全不曉畢竟何林何花，繼而說是『謝了春紅』，乃知是春林之紅花，— 而此春林紅花事，已經凋謝！可見這所謂『隨手』、『直寫』，正不啻書家之『一波三過折』，全任『天然』，『不加修飾』就能成『文』嗎？誠夢囈之言也。且說已春紅二字代花，既是修飾，既是藝術，天巧人工，總須『兩賦而來』方可。」[43]關於「境界之擴大」一層，陳邦炎說：「王國維指出；『詞至李後主而眼界始大，感慨遂深。』並舉這首詞的結句為例說：『《金荃》（溫庭筠）、《浣花》（韋莊）』能有此氣象耶？』（《人間詞話》）……那是因為：作者對事物的關照乃用『詩人之眼』，『通古今而觀之』，不『域於一人一事』（《人間詞話刪稿》），其『所寫者非個人之性質』，而是『人類全體之性質』（《紅樓夢評論・餘論》）。這首〈相見歡〉詞的著眼之點就不囿於眼前林花之凋謝，其所表達也超越了傷春、惜花的感慨範圍。作者所見到的、所感到的是一個人間悲劇，而且這並不是屬於個人的，出於偶然的，而是帶有普遍性、必

43 《唐宋詞鑑賞辭典》，同本章註 35。

然性的人事無常的悲劇。其詞情之深在此，其詞境之大亦在此。」[44] 由此看來，此詞之創造力，無論局部或整體而言，都是非常敏銳而強大的。

這樣，用「多二一（0）」螺旋結構加以貫穿，就形成下圖，以見其關係：

---

44 《詞林觀止》上，同第五章註 17，頁 118。

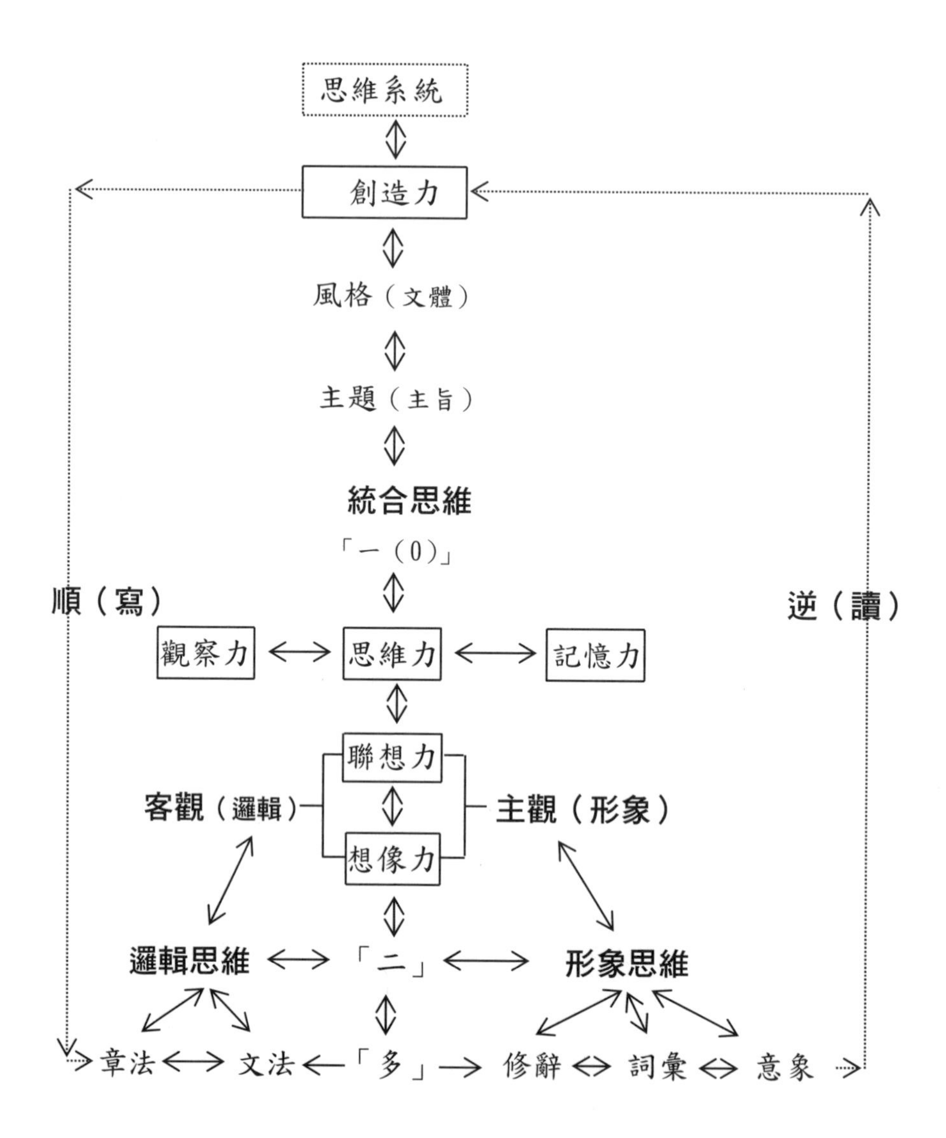

如此融合為一，形成「系統」，令人一目了然。

最後落於「特殊能力」之一的「章法結構」來看，各層結構為「二⟷多」、一篇主旨為「一」而風格為「（0）」。如韓愈〈送董邵南遊河北序〉：

> 燕趙古稱多感慨悲歌之士。董生舉進士，連不得志於有司，懷抱利器，鬱鬱適茲土，吾知其必有合也。董生勉夫哉！
> 夫以子之不遇時，苟慕義彊仁者，皆愛惜焉。矧燕趙之士，出於其性者哉！然吾嘗聞風俗與化移易，吾惡知其今不異於古所云邪？聊以吾子之行卜之也。
> 吾因子有所感矣。為我弔望諸君之墓，而觀於其市，復有昔時屠狗者乎？為我謝曰：「明天子在上，可以出而仕矣。」

此文為一贈序，寫以送董邵南往遊河北。由於當時河北藩鎮不奉朝命，送行之人「斷無言其當往之理，若明言其不當往，則又多此一送」[45]，所以作者用「先擊後敲」[46]（上層）包孕「先正後反」、「先泛後具」（次層）與「因、果、因」「先因後果」（底層）結構，避開河北之「今」，而從其「古」下筆。首先自開篇起至「出乎其性者哉」句止，採「因、果、因」（底層）的「轉位」結構，說古時之燕趙（即河北）多「慕義彊仁」的豪傑之士，從正面預卜董生此行必受到「愛惜」而「有合」，以見其當往；其次自

---

45 林雲銘：《古文析義合編》上冊卷四（臺北市：廣文書局，1965 年 10 月再版），頁 216。

46 為「敲擊」結構之一種。「敲擊」一詞，一般用作同義的合義複詞，都指「打」的意思。但嚴格說來，「敲」與「擊」兩個字的意義，卻有些微的不同，《說文》說：「敲，橫擿也。」徐鍇《繫傳》：「橫擿，從旁橫擊也。」而《廣韻．錫韻》則說：「擊，打也。」可見「擊」是通指一般的「打」，而「敲」則專指從旁而來的「打」。也就是說，以用力之方向而言，前者可指正〔前後〕面，也可指側面，而後者卻僅可指側面。依據此異同，移用於章法，用「敲」專指側寫，用「擊」專指正寫，以區隔這種篇章條理與「正反」、「平側」（平提側注）、賓主等章法的界線，希望在分析辭章時，能因而更擴大其適應的廣度與貼切度。大體說來，「敲擊」，主要在用不同事物以表達同類情意時，藉「敲」加以引渡或旁推，來呼應「擊」的部分，與「正反」、「賓主」之彼此映襯或「平側」之有所偏重的，有所不同。見陳滿銘：〈論幾種特殊的章法〉，同第三章註 14，頁 196-202。

「然吾嘗聞」句起至「董生勉乎哉」句止，採「先因後果」（底層）的「移位」結構，說如今燕趙之風俗，或許已與古時有所不同，從反面勉董生聊以此行一卜其「合與不合」[47]，以進一步見其當往；以上兩段，直接扣住董生之當「遊河北」來寫，是「擊」的部分。最後以末段，筆鋒一轉，旁注於燕趙之士身上[48]，採「先泛後具」（次層）的「移位」結構來表達，要董生傳達「明天子在上」而勸他們來仕之意，含董生不當往的暗示作收[49]；這是「敲」的部分。

由此角度分析，可畫成如下結構系統表：

47 王文濡在首段下評注：「此段勉董生行，是正寫。」在次段下評注：「此段勉董生行，是反寫。」見《精校評注古文觀止》卷八，同第五章註 9，頁 36-37。

48 王文濡於「吾因子而有所感矣」下評注：「上一正一反，俱送董生，此下特論燕趙」，見《精校評注古文觀止》卷八，同上註，頁 37。

49 王文濡在篇末評注：「送董生，卻勸燕趙之士來仕，則董生之不當往，已在言外。」見《精校評注古文觀止》卷八，同上註。

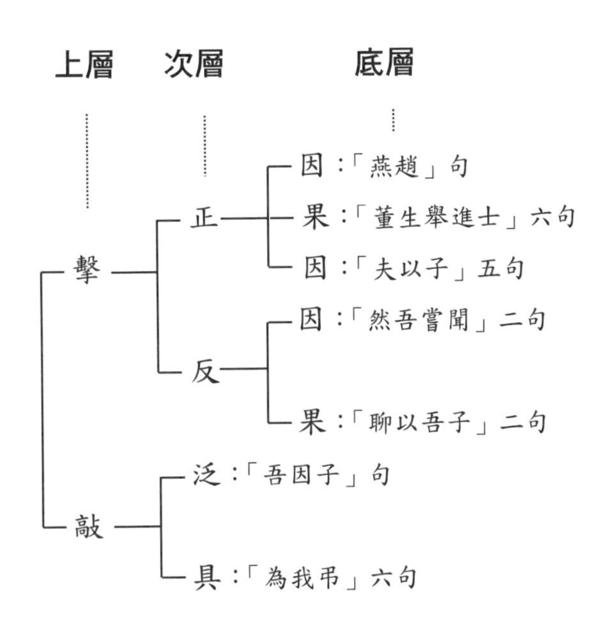

這種結構，如就整體，對應於「多二一（0）」螺旋結構來看，則屬於「章」之「因→果→因」的「轉位」（調和）結構與「因→果」（調和）、「正→反」（對比）、「泛→具」（調和）等「移位」（順）結構為「多」、屬於「篇」之「擊→敲」（對比）的「移位」性核心結構為「二」、「藉送董生遊河北以含藏諷諭（不當往）之意」的主旨與「吞吐曲折，波瀾起伏」[50]的風格為「一（0）」。真是「對比」中有「調和」、「調和」中有「對比」，有著無比的感染力。這種關係可用簡圖呈現如下：

50　胡士明鑑賞，見吳功正主編：《古文鑑賞大辭典》（杭州市：浙江教育出版社，1998 年 10 月二版四刷），頁 675。

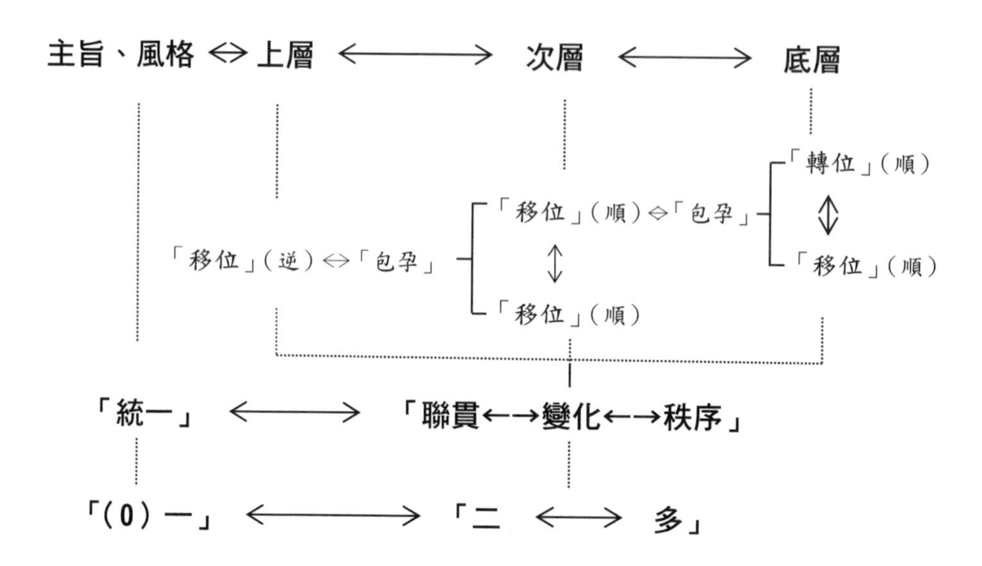

可見「多二一(0)」螺旋結構，不但可以統合「章法四律」與「章法結構」，也能統合「辭章內涵」與「思維(意象)系統」，其適應面是極廣泛的。

對此，鄭頤壽視為「宏觀」理論，認為：

> 臺灣學者的……「(0)一二多」的理論是以《老子》的哲學原理和《易經》「靜」與「動」的卦爻變化規律總結出來的。《老子》四二章指出：「道生一，一生二，二生三，三生萬物。」……以此為依據，總結出「(0)一、二、多」和「多、二、一(0)」的螺旋結構。我們認為，這應該就是篇章辭章學的宏觀理論框架。……是對中華優秀傳統文化的繼承與弘揚。[51]

51 鄭頤壽：〈陳滿銘創建篇章辭章學——代序〉，《陳滿銘與辭章章法學》，同第一章註1，頁(6)-(7)。

而孟建安也指出：

> 依據對《周易》與《老子》等古籍的考察，從哲學與美學的理論高度，認定所謂的「對立的統一」、「多樣的統一」，即「二而一」、「多而一」的概念，表現在篇章之邏輯結構中，不但可以有「有象」而「無象」，找出「多、二、一（0）」之逆向結構；也可以有「無象』而「有象」，尋得「多、二、一（0）」之順向結構；並且透過《周易》與《老子》的相關篇章，可以將順、逆向結構前後連接在一起，更形成循環不已的螺旋結構，以反映宇宙人生繁衍不息的基本規律。……認為這種結構和規律，如果落在文學的創作與鑑賞上，則「（0）一、二、多」可呈現創作的順向過程，「多、二、一（0）」可呈現鑑賞的逆向過程。……從這些論述可以看出，……對「多、二、一（0）」的邏輯結構的提煉與考證，具有很強的邏輯性，做到了環環相扣，無懈可擊，因此得出的結論是非常可靠的。[52]

單就上文所涉，在「雙螺旋」上涉及「基因學」、「物理學」、「心理學」、「美學」與「教育學」等，而在「多二一（0）」螺旋結構上，則涉及「哲學」、「邏輯學」、「思維學」、「意象學」、「辭章學」、「風格學」、「主題學」與「章法學」等，可知其關涉面，即此而論，已是十分廣大的。

---

52 孟建安：〈陳滿銘與漢語辭章章法學研究〉，《陳滿銘與辭章章法學》，同註 1，頁 109-111。

以上所論「雙螺旋與『多二一（0）』」與「『多二一（0）』與螺旋系統」，就辭章章法學體系之建構而言，是屬於「系統」的層面。

——本章相關內容，詳參《章法學綜論》第三、四章，《篇章結構學》第五章，《多二一（0）》螺旋結構論，《章法結構原理與教學》第二章第二節，《篇章意象學》第一章，《章法結構論》第一、二、三、四章，《章法學新論》第七章與《〈四書〉義理螺旋結構析論》第一、五章

第七章
體系中的藝術性

章法所呈現的是宇宙萬事萬物的「層次邏輯」關係，落於辭章上，就形成以「層次邏輯」表出內容的「組織形式」。因此，一篇主旨與風格是「內容中的內容」，而章法則為「內容中的形式」[1]。兩者在解析辭章時，是必須加以兼顧，以表現其藝術性的。王希杰說：「文章是內容和形式的統一體。章法是文章內容的形式結構方式，這一方式一定要通過形式來體現出來。……內容和形式上都並列的是最整齊的結構。內容並列而形式不並列的，或是不懂章法，或是藝術趣味的追求：自然，不雕琢。內容不並列而形式並列的是文章藝術化手法。」[2] 如以「多二一（0）」螺旋結構切入，則「內容中的內容」的藝術趣味為「一（0）」、「內容中的形式」的藝術手法為「多、二」。為此，即著眼與此，分「多、二」與「一（0）」兩層進行探討，以凸顯辭章以章法為重心之藝術性。

---

1 陳滿銘：〈篇章內容、形式包孕關係探論——以「多二一（0）」螺旋結構切入作探討〉，臺灣師大《中國學術年刊》32期〔秋季號〕，(2010年9月)，頁283-319。

2 王希杰：〈章法學門外閑談〉，同第一章註3，頁55-56。

第一節　「多、二」的藝術性

在此，分「個別章法」與「結構系統」兩層進行探討：

一　個別章法

以下就其「理論基礎」與「實例解析」分別論述：

（一）理論基礎

個別章法，既可單由「移位」（陰→陽或陽→陰）所組成，也可由「移位」、「轉位」（陰、陽、陰或陽、陰、陽）所組成，而各因其不同之屬性與變化，便形成不同的藝術特色。茲以上述五種常見章法為例，略予說明，以見其不同藝術性[3]。

以「立破」而言，所謂「立」就是提出論點或概念，「破」就是駁斥或顛覆。「立破法」就是針對同一事物，運用立、破的方式使其形成針鋒相對的態勢，繼而使欲探討的主題更加是非分明的一種章法[4]。從心理學的角度來看，「創生」與「破壞」是存在於人性中的兩大範疇。佛洛伊德在晚期修正的本能理論中，將自衛、求生的本能與性本能合稱為「生的本能」；又提出與其相對的「死的本能」。「生的本能」是一種表現個體生命發展和愛欲的本能力量，它代表著潛伏在生命中一種進取性、創造性的活力。「死的本能」則

---

3 這五種章法的說明，參見蒲基維：〈章法類型概說〉，《大學國文選．教師手冊．附錄三》（臺北市：普林斯頓國際公司，2011 年 7 月二版修訂），頁 483-522。

4 仇小屏：《篇章結構類型論》下（臺北市：萬卷樓圖書公司，2000 年 2 月初版），頁 438。

是以破壞為目的的攻擊本能，它的終極目的就是從生命狀態回復或倒退到無機物的狀態。人的攻擊本能既投向外界，表現為攻擊性、挑叛性，也轉向自身，成為性虐待狂和被虐狂、自我懲罰、自我毀滅的根源[5]。從人類文明發展的歷史軌跡來看，也是一個顛覆與重建的過程。後現代理論的興起，即印證了這一過程的存在。毛崇杰說：「人在不同歷史階段都不免要對其自身及其所創造的文明進行一番重新審視。後現代便是我們身處並將走出的一個歷史過渡階段。這一階段由於歷史運動的方向性與目的性被取消（反線性歷史、反目的論），價值體系處於新的顛覆語境中。後現代的「過渡性」即從「建構 — 結構 — 解構 — 解構之解構 — 再建構」，這樣一個總體式邏輯關係來看「後現代性」。這也意味著價值體系的顛覆與重建。」[6]在人類心理中既存在著「創生」與「破壞」等性格，而人類文明發展又是一個「顛覆」與「重建」的過程，其反映在文藝創作中，當然會運用「建立—破壞」的二元對立邏輯來架構辭章。章法中的「立破」就是在此心理學與哲學基礎中成立的。「立破」中的「立」，通常是積非成是的觀念或為習以為常的成見，這是「心理的惰性」所造成的，而「破」就是「以異常的材料組接向心理的惰性挑戰，啟迪思維的昇華」[7]，這種挑戰可能顛覆讀者既有的思維，使辭章呈現耳目一新的感染力。「立」與「破」之間會形成「質地張而弓矢至」的關係，「破」對「立」的挑戰，

5 蔣孔陽、朱立元主編、朱立元、張德興：《西方美學通史·二十世紀美學（上）》之第八章「精神分析學美學」（上海市：上海文藝出版社，1999 年 11 月一版一刷），頁 267-268。

6 毛崇杰：《顛覆與重建——後批評中的價值體系》（北京市：社會科學文獻出版社，2002 年 5 月一版），頁 1。

7 錢谷融、魯樞元：《文學心理學》（臺北市：新學識文教中心，1990 年 9 月臺初版），頁 221。

如同打蛇捏住七寸予以致命一擊，從而產生「淋漓暢快」的美感效果。「立破法」之「針鋒相對」的質性，使其較「正反法」更有醒目、活躍的效果，其「對比」的特色是更為強烈的。因此，對於辭章的「陽剛」之氣必然造成極大的影響。

以「正反」而言，所謂「正反」法就是把兩種差異極大的材料並列起來，形成強烈的對比，並藉由反面材料來襯托正面材料，以強化主旨之說服力的一種章法。[8] 它和修辭學上「映襯」格的作用相似，只是映襯格屬於字句鍛鍊，而正反法屬於篇章修飾，兩者的適用範圍有大小之別。「映襯」的普遍定義，就是在語文中把不同的，特別是相反的觀念或事實對列起來，兩相比較，從而使語氣增強、意義明顯的一種表現方式[9]。其心理基礎相通於任何藝術形式，所以也可用來詮釋「正反」章法。從客觀因素的角度來說，「映襯」手法的形成，來自於人性內在和宇宙內在既有的矛盾。在複雜的人性當中，理性與感性、熱衷與冷漠、快樂與痛苦、興奮與沮喪、勇敢與膽怯、進取與墮落、節制與慾望、驕傲與謙虛等互相矛盾的人格，常在同一時空錯雜於人性之中，令人無法分判。而我們所處的世界也處處充滿了對立與矛盾，如天氣的變化，時而春和景明，時而風雨如晦；大海的景致，時而風平浪靜，時而驚濤駭浪；我們面對人性及宇宙自然的善變、矛盾，當然不會無動於衷。因此，從主觀因素來說，這些反差極大的矛盾，是有可能在人的心理上產生「鏈式反映」，而「對映式」的聯想就是鏈式反映中最為常見的。張紅雨針對這種「對映式的鏈式反映」曾分析說：「寫作主體面對審美對象還會出現一種逆態心理，感到激情物美得突出和

8 《篇章結構類型論》下，同本章註 4，頁 406。
9 黃慶萱：《修辭學》(臺北市：三民書局，2002 年 10 月增定三版一刷)，頁 287。

鮮明，常常會想到與激情物相對立的其他型態。高與低、大與小、快與慢、美與醜等等都是相對而言的，在人們的腦海之中都有一個模糊標準，這個標準是長期審美經驗沈澱、積累得出的結果。所以當審美對象以它特有的姿態作用於審美主體的時候，在腦海中立刻浮現出與之對映的許多新型態來同審美對象比較、衡量，使審美對象的特點更為突出，姿態更優美，從而成為激情物，引起人們的審美衝動，產生美感。」[10] 這裡同時從心理學和美學的角度分析了人類心理對反差事物的感應與儲存，也強調人類具有「對映聯想」的本能與衝動，這就是產生對比性美感的原動力。在客觀因素中，人性與宇宙既存在著對立與矛盾；而主觀上，人類心理又能充分感知這些對立矛盾，當然會反映在文學作品當中。所以，「正反」章法之所以普遍存在於各類辭章，是可以被理解的。它所形成的對比質性，對於整體辭章的陽剛美感有一定的影響。

以「凡目」而言，「凡」是總括，「目」是條分，「凡目法」就是辭章中針對同一事物，運用「總括」與「條分」來組織篇章的一種章法。[11] 基本上，「凡目法」的形成，是運用了邏輯學上「歸納」與「演繹」的思維。演繹法在西方傳統哲學中被廣泛地運用，而歸納法對於自然科學的發展相當重要，兩種思維方式同時運用了人類心理上的理智與感官等兩種官能。錢志純在解說歸納與演繹的定義時提到：「吾人用以求知的官能有二，即理智與感官，二者不可偏廢。理智沒有經驗與件，則其推論沒有根據；同樣，經驗與件，康德稱之為知識的塵粒，如果沒有理智來統一，則永遠不能成為科學。由是吾人用以推論的二方法，即演繹與歸納，實有互相輔助之

10 張紅雨：《寫作美學》（高雄市：麗文文化出版社，1996 年 10 月初版），頁 128。

11 《篇章結構類型論》下，同本章註 4，頁 342。

效。演繹是由普通原則，推知局部事例；歸納是由局部事例，推知普遍原則之存在。」[12] 理智的官能感知到「普遍原則」的存在，而感官所感知則為「局部事例」。歸納與演繹就是運用這兩種心理成為近代哲學與科學的重要法則。落到辭章章法上的運用來說，演繹式的思維會形成「先凡後目」的結構，歸納式的思維會形成「先目後凡」的結構，至於「凡、目、凡」與「目、凡、目」的結構則是綜合運用了歸納與演繹的方式而形成的。從美學的角度來看，「總括」具有抽象的質性，「條分」則具備具象性，其融合抽象與具象所形成的美感與「泛具法」相同，所不同的是「凡目法」中的「條分」呈現了更多條理清晰的美感。此外，「凡、目、凡」與「目、凡、目」的結構，以「總括」或「條分」分呈於辭章的首尾，其所形成的「對稱」、「均衡」之美也是相當明顯的。整體而言，「凡目法」形成了的調和、統一的美感，與風格的「陰柔之美」是相當契合的。

以「賓主」而言，所謂「賓主法」就是運用輔助材料（賓）來凸顯核心材料（主），達到「借賓形主」的效果，從而有力地傳達辭章主旨的一種章法。[13] 「賓主法」與「正反法」都是運用襯托的作用來凸顯主旨的章法，所不同的是，「賓主法」所運用的輔助材料可能是正面，也可能是反面；且材料的數量可以多種，其「眾賓托主」的形式與「正反法」只有正反對立的形式有所差別。儘管兩種章法頗有差異，其心理基礎都是來自於「美感的鏈式反映」，其中「神似式的鏈式反映」可用來詮釋「賓主法」的心理結構，張紅雨說：「寫作主體對引起情緒波動而產生美感的激情物，不僅是觀

12 錢志純：《理則學》（臺北縣：輔仁大學出版社，1986 年 7 月三版），頁 128。
13 《篇章結構類型論》下，同本章註 4，頁 374。

賞它的外型，更多地是它的神韻，從神態上想到許多神似的內容。」[14] 如果將此鏈式反映落到文學作品來看，寫作主體欲呈現這一激情物時，通常會從其神韻想到更多神似的事物，並藉由神似的事物來凸顯主要激情物，進而與波動的情緒產生連結，傳達出文學作品的核心情理。而「神似式的鏈式反映」原本是以「形象思維」的方式進行的，但是當各種神似的內容與激情物之間有了主客關係的聯繫，寫作主體自然而然會以邏輯思維的方式來組織主、次材料，其所運用的是一種「美感情緒的雙邊跳躍」[15]，主、次材料之間可能跳躍轉換得很頻繁，但是在核心情理（主旨）的貫串之下，使主、次材料各安其位而不致紛亂，從而產生「映襯」的美感。當然，「賓」與「主」皆在為托出主旨而服務，彼此之間是「調和」的型態，對於整體辭章「柔和」之美感，也有增強的作用。

以「虛實」而言，虛實類章法所涵蓋的類型相當廣泛，除了「時間虛實」、「空間虛實」、「假設與事實」之外，還應包括「情景法」、「論敘法」、「泛具法」、「凡目法」等類型，唯上述四種具有其特性，在章法上的運用相當廣泛，故應另節闡述。這裡所說的虛實類僅就「時間虛實」、「空間虛實」、「假設與事實」三種來談。人類具有懸想的能力，無論就時空或事理來說，都屬於思維活動的放縱形態，張紅雨在《寫作美學》中提到：「根據腦科學研究結果證明，人們的思維可大可小，能遠能近，可明可暗，變化多端。不僅限於對現實事物的認識，而且能在現實事物基礎上進行蔓延式的無

14 《寫作美學》，同本章註 10，頁 125。

15 張紅雨：「所謂美感的雙邊跳躍，就是人們在審美的過程中，在美感情緒發生波動的情況下，總希望要縱觀全局，鳥瞰整體。對某一事件的發展不僅希望瞭解此方，也希望掌握彼方。『知己知彼』這是人們的心理常態，也是審美的一種習慣和反映。」見《寫作美學》，同本章註 10，頁 241。

止境的擴展。想象、幻想、理想、假想等，都是思維活動的放縱型態，也就是騰飛反映的表現。」[16] 所謂「美感的騰飛反映」，是人類思維在現實事物的基礎上作無止境的蔓延與擴展，劉勰在《文心雕龍・神思》所言「寂然凝慮，思接千載」就在說明騰飛反映在時間方面的能力，而「悄焉動容，視通萬里」則是騰飛反映在空間方面的超越功能。這種功能當然可以延伸到事理的思維方面，甚至可以延伸至無自覺的夢境當中。茲以這個心理基礎，分述虛實法在時間、空間及事理、夢境中所產生的美感。

限於篇幅，雖只舉五種章法為例稍予說明而已，卻已足以看出所有章法在藝術之形成上，是各有其特色的。

（二）實例解析

以下特舉全篇用「遠近法」寫成的一首詞為例，略作說明，以見一斑：如李白〈菩薩蠻〉：

> 平林漠漠煙如織，寒山一帶傷心碧，暝色入高樓，有人樓上愁。　　玉階空佇立，宿鳥歸飛急。何處是歸程，長亭連短亭。

這是一首望遠懷人的作品，是用「遠、近、遠」（上層）的轉位性篇結構與「遠→近」與「近→遠」（底層）的三移位性章結構寫成的。

首以起二句，就篇結構的「遠」，包孕「先近後遠」之章結

---

16 《寫作美學》，同本章註 10，頁 131。

構，寫「平林」、「寒山」的淒涼景象。次以「暝色入高樓」兩句，就篇結構的「近」，包孕「先遠後近」之章結構，寫人佇立樓上望遠的情景，拈出「愁」字，喚醒全篇。接著以換頭，就篇結構的「遠」，包孕「先近後遠」之章結構，先以頭二句，一承「有人樓上愁」，寫人在發愁的樣子；一承「寒山」、「平林」，寫歸鳥疾飛的動景，從反面激出遊子遲遲未歸的意思，以表出哀愁；後以結二句，將空間由「寒山」、「平林」向無窮的遠方推擴出去，寫「長亭連短亭」的漫漫歸程，以襯出不見歸人的無限愁思。如此詠來，語語含蓄，令人咀嚼不盡。

這樣以「遠近」（順、逆）的移位與轉位（逆）結構來呈現內容材料的邏輯結構，可用簡圖表示如下：

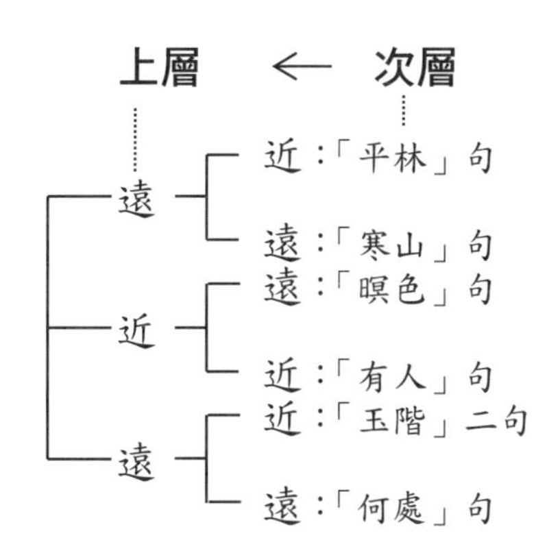

對此「遠近法」，仇小屏指出：

> 張法《中西美學與文化精神》在談到「中西審美的具體方式」時，說：「在觀照方式上，中國採取仰觀俯察、遠近往

還的散點遊目。」（頁 321）而這樣的觀照方式自然而然地會體現在文學作品中，所以篇章中遠近法被運用的情形甚為普遍，也形成各種不同的結構，相當富有趣味：（一）遠近法中「由近而遠」的結構，所帶出的視線是呈直線狀的，而直線所表示的審美特性是力量、穩定、生氣、剛強。這與「由近而遠」中的另一種：依據遊蹤所及而形成的路線相比，差異就比較明顯了；因為後者所形成的是曲線，而曲線表示優美、柔和，給人以運動感，這就會造成劉雨《寫作心理學》中所提到的「變化中的距離」（頁 136）。而且「由近而遠」會造成「漸層」的效果，劉思量《藝術心理學》說：「愈遠之事物愈模糊，而與近物之清晢形成對比而產生漸層。」（頁 183）如此使空間的深度加深，附著於空間的景物層次感顯得十分明晰。……因此空間的延展正配合著作品的情境，使得其中醞釀的情感得到最大的加強作用。（二）「由遠而近」的空間安排比起「由近而遠」來，是「反常」的；但這「反常」自有其特殊的意義。因為「由近而遠」會有延伸的效果，但「由遠而近」則相反的有將景物拉近的作用，因而可以突出一個焦點來。作者之所以要將此焦點突顯出來，通常有兩個原因：第一個原因是這個焦點可以衍生出其他的情意，例如……可以勾起回憶；其次是可透過特殊的安排，使「最近」變成「最遠」，……同時兼具突出和延展的美感。（三）遠近法中的空間安排除了前述兩種之外，其他全是有變化的；我們可以這麼說：雖然「由近而遠」、「由遠而近」的結構方式相當好用，但創作者就是會有意識地在文章中創造出有變化的空間。……更何況一遠一近地疊用，還可依次收納不同的景物，使篇章內容更豐富。所以也就難怪創作者要精心地設計篇章中的空間了。[17]

而蒲基維也認為：

所謂「遠近法」就是將空間中遠、近的變化記錄下來的一種章法。「遠近」與距離有關，基於人類視覺的極限，極遠的距離無法呈現意象，然而攝影鏡頭的發明補足了這項缺憾。視覺中的遠近變化就可以通過鏡頭的伸縮、變焦等作用而呈現出來。攝影鏡頭所營造的空間，突破了傳統視覺的極限，正謀合了文學作品中「心理空間」的要求。這種相對於物理空間的主觀感知，可以對現實的物理空間任意地延展或緊縮，「由近及遠」的空間變化，會因為遠方模糊的景物與近處清晰的景物形成對比而產生「漸層」的美感[18]；而「由遠及近」的空間變化，由於將景物拉近而造成焦點，所以除了本來「延展」的效果之外，更具有「突出」的美感。至於「遠近往返」的空間變化，那就融合了上述「漸層」、「延展」、「突出」等效果，而且是更為強烈的。「遠近遊目」本來就是中國審美觀照的典型方式之一，相較於西方人的審美最終要歸結到一個類似於由取景框所範圍的景色上，人的目光形成一個焦點向景物直直地放射而去，是有所差別的。由於「遠近往返」的節奏與中國宇宙的循環節奏相符，由此可知「遠近法」不僅掌握了現實空間的美感，更足以擴而充

17 《篇章結構類型論》上，同本章註 4，頁 67-69。

18 劉思量：「愈遠之事物愈模糊，而與進物之清晰形成對比而產生漸層。」見《藝術心理學》（臺北市：藝術家出版社，1992 年元月二版），頁 183。

之，與中國的宇宙氣論相合，發揮其調和的極致之美。[19]

單就藝術性來說，以此參看上舉之例，顯然是相當吻合的。

二　結構系統

以下就其「理論基礎」與「實例解析」分別論述：

（一）理論基礎

所有章法，都對應於自然規律，而出自於人類共通的理則。這種共通的理則，可概括為四：即「秩序」、「變化」、「聯貫」、「統一」；這便是章法的四大規律。其中「『秩序』、『變化』與『聯貫』三者，主要是就材料之運用來說的，重在分析；而『統一』，則主要是就情意之表出來說的，重在通貫。」[20] 若針對「秩序律」而言，其「力」的變化是「移位」；針對「變化律」而言，其「力」的變化則是「轉位」，而針對「聯貫律」而言，其「力」的變化則是「包孕」了。

「移位」關涉「秩序」，是將材料依序加以整齊安排的意思。任何章法都可依循此秩序律，形成其先後順序。如就遠近法而言，「先近後遠」、「先遠後近」就是依據空間遠近的秩序來組織篇章

19 蒲基維：〈章法類型概說〉，《大學國文選．教師手冊．附錄三》，同本章註 3，頁 505-506。

20 陳滿銘：〈論辭章章法的四大律〉，《章法學論粹》（臺北市：萬卷樓圖書公司，2002 年 7 月初版），頁 4。

的，其他的章法也都可以形成如此合乎秩序律的結構[21]。而且張涵主編的《美學大觀》中也說：「秩序，事物的外在形式上部分與部分、整體與部分之間構成特定的有規律的排列組合。指形式因素內部關係有秩序的變化，則構成一種不變與變和諧交叉的形式美。」[22]由此可知，「秩序」並不是沒有變，而是一種「有秩序的變化」，由於其「力」的變化較為和緩，因此可用「移位」來說明。

「轉位」關涉「變化」，是把材料的次序加以參差安排的意思。每一章法依循此變化律，也都可造成順逆交錯的效果。就以今昔法來說，可能有的變化的結構至少有「今、昔、今」和「昔、今、昔」兩種，其他的章法也都可以形成如此變化的結構。它所以會造成這種變化，那是因為「參差安排」的關係，而所形成的是「往復」的現象，所造成的是較大幅度的差異，因此其「力」的變化較為顯著，所以可用「轉位」來說明。

「包孕」關涉「聯貫」，是將「章法結構」之上下層以至於整體都形成「聯貫」的意思。每一章法依循此聯貫律，也都可造成上下包孕的效果。而在此包孕性結構中，係陽剛屬性的有兩種類型：「陽中陽」與「陽中陰」；而陰柔屬性的也有兩種類型：「陰中陰」與「陰中陽」。這使「力」的變化趨於層深，因此可用「包孕」來說明。

這種章法的「移位」、「轉位」與「包孕」，是可以根據結構系統加以掌握的。而所謂「移位」約有兩種：一是單一結構之移位，亦即章法單元之移位，如「由實而虛」與「由虛而實」、「由正而反」與「由反而正」等就是；一是兩個以上（含兩個）結構之移

---

21 陳滿銘；〈論辭章章法的四大律〉，《章法學論粹》，同上註，頁 4-5。

22 張涵主編：《美學大觀》（鄭州市：河南人民出版社，1988 年 1 月一版二刷），頁 246。

位，亦即結構單元之移位，如由「先凡後目」而「先底後圖」、由「先昔後今」而「先淺後深」等便是。而「轉位」，也有兩種：一是單一結構之轉位，亦即章法單元的轉位，如「今、昔、今」、「破、立、破」等就是；一是兩個以上（含兩個）結構之轉位，亦即結構單元的轉位，如由「先景後情」而「先情後景」、由「先凡後目」而「先目後凡」等便是。至於「包孕」，其結構可出現在同一「章法」中，如「因果法」的「果（陽） / 因（陰）或果（陽）」，這種情況較少；也可以出現在不同「章法」，如「因果法」與「正反法」的「果（陽） / 正（陰）或反（陽）」，這種情況較常見。而此三者同是指「力」的變化，所不同的是變化程度較和緩者為「移位」，變化程度較顯著者為「轉位」，而變化程度趨於深化者為「包孕」，也因此「移位」、「轉位」與「包孕」所造成的節奏（韻律）與所帶出的美感也是有差別的；而篇章之「統一」即以此為基礎。

而「節奏」是美感的重要來源之一[23]。什麼是節奏呢？楊辛、甘霖等著《美學原理》中提及：

> 構成節奏有兩個重要關係：一是時間關係，指運動過程；一是「力」的關係，指強弱的變化。把運動中的這種強弱變化有規律地組合起來加以反復便形成節奏。[24]

---

23 李澤厚曾闡明美的規則從何而來？他說：「原始積澱，是一種最基本的積澱，主要是從生產活動中獲得。也就是在創立美的過程中獲得。……由於原始人在漫長的勞動過程生產過程中，對自然的秩序、規律，如節奏、次序、韻律等等掌握、熟悉、運用，使外界的合規律性和主觀的合目的性達到統一，從而才產生了最早的美的形成和審美感受。」見《美學四講》（天津市：天津社會科學院出版社，2001年11月一版一刷），頁239，亦可與此參看。

24 楊辛、甘霖：《美學原理》（北京市：北京大學出版社，1989年2月一版四刷），頁

通常比較容易引起注意的節奏，多是可以經由感官來把握的，譬如輕重長短的聲音、冷暖明暗的色彩、曲直橫折的線條、方圓尖斜的形狀等進行有規律的反復[25]；陳本益《漢語詩歌的節奏》從節奏與人的關係著眼，將節奏區分為聽覺上的、視覺上的和觸覺上的，但是他也認為廣義的節奏還可以指某些抽象的東西[26]。王菊生《造型藝術原理》則進一步地認為節奏可以分成「具象」和「抽象」兩種：「具象節奏是客觀具體物體及其形象所具有的節奏。」而「抽象節奏是非客觀具體物象及其構成形式所具有的節奏。抽象物體和抽象構成形式都是從客觀具體物中提煉、抽離出來的，它並不是純主觀的產物。」[27]

「抽象的東西」也可以形成節奏，這點是很重要的。章法的移位、轉位與「包孕」所形成的節奏或韻律，就不是光靠聽覺、視覺或觸覺能夠把握的，但是它能夠暗合人的生理、心理結構，因此可以引起審美的愉悅[28]，所以也就可以產生節奏（韻律）美。而且節奏（韻律）所帶來的美感具有很重大的意義。蔣孔陽、蔣冰梅、樊莘森、樓昔勇等所著的《美與審美觀》中說道：

159。張涵主編：《美學大觀》亦有類似的說法，同本章註 21，頁 246。

25 蔣孔陽等：《美與審美觀》（上海市：上海人民出版社，1987 年 5 月一版六刷），頁 55。

26 陳本益：《漢語詩歌的節奏》（臺北市：文津出版社，1994 年 8 月初版），頁 2-5。

27 王菊生：《造型藝術原理》（哈爾濱市：黑龍江美術出版社，2000 年 3 月一版一刷），頁 232-233。

28 張涵主編：《美學大觀》：「形式美的規律根源在於客觀世界的自然規律，並與人的生理、心理結構相對應，是人類改造自然的長期歷史經驗在形式規律方面的集中體現。」同本章註 21，頁 245。

> 節奏也是事物正常化發展的一種表現形式。客觀世界的許多事物和現象都是在合規律的節奏中存在和發展的。……事物的正常發展都離不開節奏，人的生活需要也離不開節奏。因此，這種符合規律而又有利於人生的節奏，也就成了美的形式。[29]

這段話對節奏（韻律）所以帶來美感的原因，可說作了最好的解釋。

以「章法結構」而言，它所造成之節奏（韻律），它可以從兩方面來加以考察，那就是「從單一結構單元來看」，以及「從兩個以上（含兩個）結構單元來看」。

從單一結構單元來看，無論造成「移位」或「轉位」，都可造成「力」的變化。通常構成節奏有兩個重要關係：一是時間關係，指運動過程；一是力的關係，指強弱的變化。把運動中的這種強弱變化有規律地組合起來加以反復，便形成節奏。準此而觀，那麼單一結構就具備了這兩種基本元素：時間和力的關係，所缺者只是「有規律地組合起來加以反復」而已。這樣雖未形成明顯而具體之節奏美，但是已經具備形成節奏美的要素，因此若是從寬來處理，也未嘗不可認為已具備簡單之節奏美。所以王菊生《造型藝術原理》即說道：「只有一對矛盾對比或反復出現的單一節奏稱為簡單節奏。」[30] 單一結構單元所呈現的移位現象，所產生的節奏就是「簡單節奏」。

從兩個以上（含兩個）結構單元來看，一篇篇幅不算太短的辭章，是可能形成兩層以上的「包孕」結構層的，如此就會出現兩個

---

29 蔣孔陽、蔣冰梅、樊莘森、樓昔勇等：《美與審美觀》（上海市：上海人民出版社，1987 年 5 月一版六刷），頁 55。

30 《造型藝術原理》，同本章註 26，頁 231。

以上的結構單元。雖然從各自獨立的觀點來看，它形成的是單一的結構，但是因為閱讀時必然是從整體來觀照，使這些結構單元能結合起來，出現「重複」、「反復」[31] 的情況，這就會產生節奏（韻律）的美感。

王菊生在《造型藝術原理》中說：

> 比如孤單的一個點·，單調呆板，靜止不動，只有單一刺激，無差異矛盾可言，便無節奏感。而兩個點··並置，開始有了延續相繼和重複，出現了前後的發展過程。同時兩個點和兩個點之間的空隙有了間隔和持續，實與虛、沒與現、前與後、左與右的矛盾差異對比變化，因此具有了節奏感。[32]

這段話可以總結前面從「單一結構單元」以及「兩個以上（含兩個）的結構單元」，來看所產生的節奏（韻律）。

而節奏（韻律）所表現的是生命的律動。蘇珊·朗格《情感與形式》即說道：「節奏連續原則是生命有機體的基礎，它給了生命體以持久性。」[33]王菊生《造型藝術原理》亦言：「生命形式的特徵就是運動變化的張力和循環往復的節奏。」[34] 在文學作品中，章法結構所呈現的就是「運動變化的張力」，那麼就會產生「循環往復

---

31 王菊生：「重複即同一形式再次出現，反復是同一形式的多次重複出現是重複的持續延伸。」見《藝術造型原理》，同上註，頁 287。

32 王菊生：《造型藝術原理》，同上註，頁 225-226。蘇珊·朗格著、劉大基譯《情感與形式》中談到：「重複是另一種結構原則——像所有的基本原則相互聯繫著那樣，它深含於節奏—它給了音樂作品以生命發展的外表。」見《情感與形式》（臺北市：商鼎文化出版社，1991 年 10 月臺灣初版），頁 149，可供參看。

33 《情感與形式》，同上註，頁 147。

34 《造型藝術原理》，同本章註 26，頁 192。

的節奏（韻律）」；而且因為「張力」的不同，以致所呈現的「節奏（韻律）」也就有所不同。

關於這種不同的節奏（韻律）及節奏（韻律）美，可以從音樂美學中獲得靈感。郭長揚《音樂美的尋求》談到：

> 與節奏有密切關聯的是拍子的形式……我們可歸納為兩種基本形式：1. 三拍子：拍子的力度為『強、弱、弱』，可表現生動、活潑、或輕快之情緒。2. 雙拍子：拍子的力度為『強、弱』或『強、弱、次強、弱』，可表現平穩、莊重、或溫雅之情緒。[35]

可見在音樂中，不同的節奏可以表出不同的美感；音樂如此，文學又何嘗不是呢？楊辛、甘霖的《美學原理》中提及郭沫若以文學作品為例，認為節奏有兩種：鼓舞的節奏和沉靜的節奏，前者如海濤起初從海心捲動起來，愈捲愈快，到岸邊拍地一生打成粉碎，我們的精神便要生出一種勇於進取的氣象；後者如遠處鐘聲，初扣時頂強，曳著裊裊的餘音漸漸地微弱下去，這種節奏給人以沉靜的感受[36]。

雖然郭氏所言，並非針對「移位」、「轉位」與「包孕」所產生的不同的節奏（韻律）美來著眼，但是卻能夠給我們以相當的啟發。因為若是將「移位」與「轉位」拿來比較的話，其產生的節奏（韻律）美必然有相對的差異，針對這樣的差異，我們或可認為因為移位的「力」的變化較為穩定，因此其節奏（韻律）的美感是偏於沉靜的，而轉位的「力」的變化較為顯著，所造成的節奏（韻

35 郭長揚：《音樂美的尋求》（臺北市：樂韻出版社，1991 年 6 月初版），頁 52-53。
36 《美學原理》，同本章註 23，頁 160。

律）美就是偏於鼓舞的[37]，至於「包孕」，則兼兩者而有之了。

而節奏是形成韻律之基礎。關於此點，歐陽周、顧建華、宋凡聖等在其《美學新編》中說：

> 與節奏相關係的是韻律。韻律是在節奏的基礎上形成的，但又比節奏的內涵豐富得多，是一種有規律的抑揚頓挫的變化，表現出一種特有的韻味或情趣。可以說，節奏是韻律的條件，韻律是節奏的深化。[38]

可見有了節奏才有韻律。如上所述，由「移位」所造成的是較簡單或反復、齊一之節奏（韻律），主要在顯現其偏於陰柔之調和性；而由「轉位」所造成的，則為較複雜或往復、變化之節奏（韻律），主要在顯現其偏於陽剛之對比性。至於「包孕」所造成的是節奏提升為韻律之變化，主要在顯現其層次性。這樣，由局部的節奏（韻律）而整體地層層疊合成為一篇韻律，再加上章法各結構本身的毗剛或毗柔屬性，即可大致可解釋一篇風格所以形成之原因，而篇章之「統一」就由此呈現出來。

任何一篇辭章，由章法切入，都可以理出其「多、二、一（0）」之結構，而屬於「多」的任何一組章法結構，也都可以由「移位」、「轉位」與「包孕」造成其節奏或韻律，以統合於「二」（核心結構），並上撤於「一（0）」，而形成一篇韻律與風格。

---

37 以上有關「節奏」之部分理論，參見仇小屏：〈論辭章章法的移位、轉位及其美感〉，《辭章學論文集》上冊（福州市：海潮攝影藝術出版社，2002 年 12 月一版一刷），頁 98-122。

38 《美學新編》，同第六章註 8，頁 79。

（二）實例解析

茲舉一篇古典詩為例，探討其章法結構與節奏、韻律的密切關係。如王維〈渭川田家〉：

> 斜光照墟落，窮巷牛羊歸。野老念牧童，倚杖候荊扉。雉雊麥苗秀，蠶眠桑葉稀。田夫荷鋤，相見語依依。即此羨閒逸，悵然歌式微。

這首詩作於陝西藍田，藉「渭川田家」黃昏時的閒逸之景，以興欣羨之情，從而表出自己急欲歸隱田園的心願，是採「先因後果」（上層）的結構加以統合的。「因」的部分，自篇首至「即此」句止。在此，先以「斜光」八句，實寫引起作者欣羨之情的一些景物；再以「即此」句，虛寫面對「田家」閒逸景物時所湧生的欣羨之情，形成「先景後情」（次層）的結構。就在實寫「田家」閒逸景物的八句裡，用「先近後遠」（三層）包孕兩疊「先遠後近」（底層）的結構，首先就「近」，也就是村巷，以「斜光」二句，寫自然閒逸之景；以「野老」二句，寫人事閒逸之景。然後就「遠」，也就是田野，以「雉雊」二句，寫自然閒逸之景；以「田夫」二句，寫人事閒逸之景。由於王維這時在政治上失去了張九齡的依傍而進退兩難，所以經由這些融合自然與人事的閒逸之景，而引生他欣羨之情，便很自然地由「因」而「果」，帶出末句，用《詩經・邶風・式微》「式微，式微，胡不歸」的詩意，以表達自己「踵武靖節」[39]的意思。可見此詩主要以「先因後果」的結構來統合，形

---

39 《唐宋詩舉要》，同第五章註 5，頁 12。

成其系統。據此，可畫成如下結構系統表：

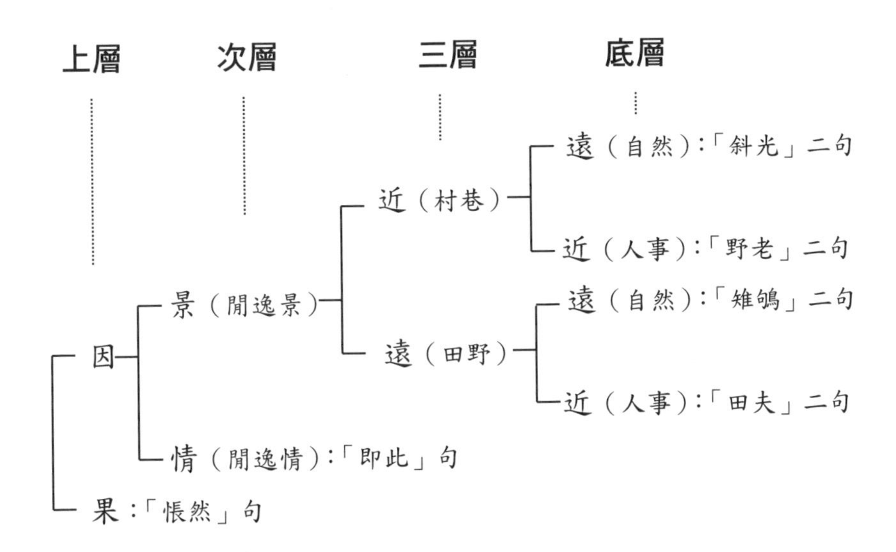

此詩含四層，主要以二疊「先遠後近」（底層）之空間層次，造成反復的第四層節奏，而由一疊「先近後遠」（三層）之「移位」結構，經由「包孕」造成第三層節奏（韻律），以呈現整體之「景」，從而由「景」及「情」，形成一疊「先景後情」（次層）之「移位」結構，又經由「包孕」造成第二節奏（韻律），作為「因」，以帶出其「果」，而成為一疊「先因後果」（上層）的結構，造成最高一層節奏（韻律），統合各層節奏（韻律），形成一篇之韻律。而這「先因後果」的調和性結構，由於既可以徹下統合各輔助結構，也可以徹上交代自己急欲歸隱田園的心願，也就是主旨，以及由此形成的「閒逸自然」的風格，所以可認定為本文之核心結構。如此徹下以統合「多」、徹上以歸根「一（0）」，充分地發揮了核心結構（「二」）的功能。喻守真說：「這首詩是羨慕田家閒逸的景象，加以輕淡的描寫，結尾大有因慕田家閒逸不如歸去來之意。……結末二句，以『閒逸』二字總括上文，因羨生感，結出作意。」[40]所謂「羨慕田家閒逸的景象，加以輕淡的描寫」與「因羨生感，結出作意」，道出了它的主要內容。

第二節 「一（0）」的藝術性

以下就其「理論基礎」與「實例解析」分別論述：

一 理論基礎

一般說來，辭章是結合「形象思維」與「邏輯思維」與「綜合思維」而形成的。這三種思維，各有所主。一般說來，如果是將一篇辭章所要表達之「情」或「理」，訴諸各種偏於主觀之聯想、想像，和所選取之「景（物）」或「事」接合在一起，或者是專就個別之「情」、「理」、「景」（物）、「事」等材料本身設計其表現技巧的，皆屬「形象思維」；這涉及了「立意」、「取材」與「措詞」等問題。如果是專就「景（物）」或「事」等各種材料，對應於自然規律，結合「情」與「理」，訴諸偏於客觀之聯想、想像，按秩序、變化、聯貫與統一之原則，前後加以安排、佈置，以成條理的，皆屬「邏輯思維」；這涉及了「運材」、「佈局」與「構詞」等問題。至於合「形象思維」與「邏輯思維」而為一，探討其整個體性[41]的，為「綜合思維」，這涉及了「立意」、「確立體性」等問題。

---

40 喻守真：《唐詩三百首詳析》（臺北市：臺灣中華書局，1996 年 4 月臺二三版五刷），頁 9。

41 陳望道：「語文的體式很多，……表現上的分類，就是《文心雕龍》所謂的『體性』的分類，如分為簡約、繁豐、剛健、柔婉、平淡、絢爛、謹嚴、疏放之

這種辭章內涵，如以「多二一（0）」螺旋結構切入，則「多」指由「修辭」、「文（語）法」、「意象」（個別）與「章法」等所綜合起來表現之藝術形式；「二」指「形象思維」（陰柔）與「邏輯思維」（陽剛），藉以產生徹下徹上之作用；而「一（0）」則指由此而凸顯出來的「主旨」與「風格」等，這就是「修辭立其誠」《易・乾》之「誠」，乃辭章之核心所在。這樣以「多、二、一（0）」來看待辭章，就能透過「二」（「形象思維」（陰柔）與「邏輯思維」（陽剛））的居間作用，使「多」（「修辭」、「文（語）法」、「意象」（個別）與「章法」等）統一於「一（0）」（「主旨」與「風格」等）了。

而居間之「二」:「形象思維」與「邏輯思維」，是可用「意象」（整體）來加以統合的。先從「意象」之形成與表現來看，是與形象思維有關的，而形象思維所涉及的，是「意」（情、理）與「象」（事、景）之結合及其表現。其中探討「意」（情、理）與「象」（事、景）之結合者，為「意象學」（狹義）、「詞彙學」，探討「意」（情、理）與「象」（事、景）本身之表現者，為「修辭學」。再從「意象」之組合與排列來看，是與邏輯思維有關的，而邏輯思維所涉及的，則是意象（意與意、象與象、意與象、意象與意象）之排列組合，其中屬篇章者為「章法學」，主要探討「意象」之安排，而屬語句者為「文法學」，主要由概念之組合而探討「意象」。由此看來形象思維與邏輯思維兩者，包括辭章的各主要內涵，都離不開「意象」。而「主旨」與「風格」便由此呈顯出來。

這樣看來，辭章是離不開「意象」的，就是主旨與風格，也是

類。」見《修辭學發凡》（香港：大光出版社，1961 年 2 月版），頁 250。

如此。因為「主旨」是核心之「意」，而風格是以主旨統合各「意象」之形成、表現與組織所產生之一種抽象力量。

可見「主旨」與「風格」在辭章內涵中乃上徹的地位，是居於最為核心之層面的。而「章法結構」就起了關鍵作用。如果將「多二一（0）」螺旋系統再由辭章落到篇章結構之上，則「多⟷二」指「章法結構」，由「陰陽二元」為基礎以組合各個別意象或材料，形成一篇之核心結構[42]與各輔助結構；其中「一」指主旨，為作者所要表達的核心情、理；「（0）」指風格，為整體之「審美風貌」[43]。它們的關係可呈現如下圖：

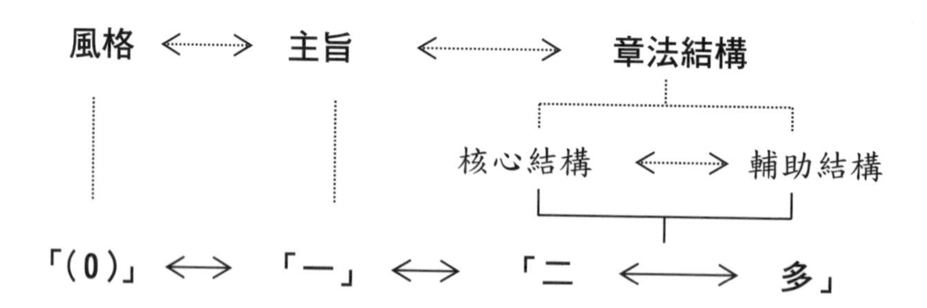

而這種結構系統，很普遍地可從不同文體之作品中獲得檢驗。

42 一篇辭章之「情」或「理」，亦即主旨，是決定一篇辭章內容與形式，以至於風格、境界等的最主要因素。所以認辨核心結構，也要以此爲準，換句話說，就是要以「一（0）」與「多」作審慎之認定。見陳滿銘〈論章法「多、二、一（0）」的核心結構〉，同第五章註 8。

43 顧祖釗：「風格的成因並不是作品中的個別因素，而是從作品中的內容與形式的有機整體的統一性中所顯示的一種總體的審美風貌。」見《文學原理新釋》，同第五章註 24，頁 184。

二　實例解析

茲舉古典詩一篇，略作解析，以見一斑。如蘇軾〈醉落魄〉：

> 蒼顏華髮，故山歸計何時決。舊交新貴音書絕。惟有佳人，猶作殷勤別。　離亭欲去歌聲咽，蕭蕭細雨涼吹頰。淚珠不用羅巾裛。彈在羅衫，圖得見時說。

這首詞題作「蘇州閶門留別」，當是熙寧七年（1074），由杭州赴密州時，途經蘇州而作。它一開篇即置重於虛時間，以「蒼顏」二句，把時間推向未來，發出不知何時才能歸鄉的感嘆，為下敘的別情蓄力。接著置重於實空間，採「主、賓、主」（次層）的「轉位」結構來呈現：先以「舊交」四句，包孕「先反後正」（三層）、「先因後果」（底層）的「移位」結構，以敘寫美人唱離歌殷勤送別的場景，以襯出別情，這是「主」；再以「蕭蕭」句，寫不斷吹頰的蕭蕭細雨，以景襯情，此為「賓」；末以「淚珠」句，寫美人淚滴羅衫的情狀，以加重別情，這又是「主」。然後又置重於虛時間，以結句應起，將時間推向未來，用「淚」作橋樑，設想未來見面時的情景，一面藉以安慰「美人」，一面藉以推深別情。如此以「虛（時）、實（空）、虛（時）」（上層）的「轉位」結構加以統合，很富於變化。依此可畫成結構系統表如下：

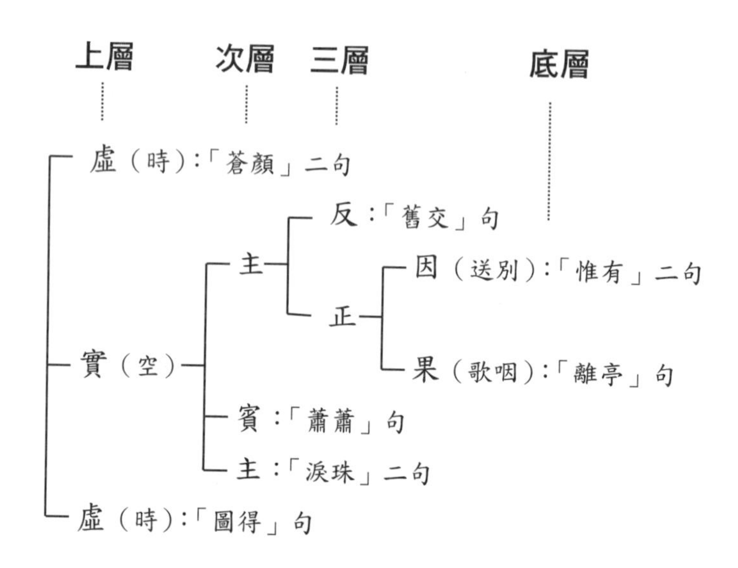

作者此詞，經過「邏輯思維」的安排佈置，形成四層結構，先在底層以一疊「先因後果」（移位）的調和性結構，造成第四層節奏（韻律），以支撐一疊「先反後正」（移位）之對比性結構，造成第三層節奏（韻律）。再由此「正反」結構來支撐一疊「主、賓、主」（轉位）的變化結構，造成第二層節奏（韻律）。然後又由此「賓主」結構來支撐一疊「虛、實、虛」（轉位）的核心結構，既造成最上層節奏（韻律），以統合為整體之韻律；而由此「虛實」的核心結構「二」，徹下於「多」，以統攝各層節奏、上徹於「一（0）」，一面從篇外逼出主旨（別情），一面則由於這「虛、實、虛」之結構，與次層之「主、賓、主」，將「順」與「逆」雙向合用，產生兩層「轉位」作用，而頭一個「主」更作成「正反」對比型態，使得節奏、韻律更趨於起伏有致，這對作品風格之所以「柔中寓剛」、情意之所以深沉來說，是有極大影響的。湯易水、周義敢說：「蘇軾任杭州通判之後詞作漸多，到了離杭州赴密州前後，更大量創作詞篇的，自此一發而不可收。他注意學習前人的經驗。沿用晚唐五代以來婉約詞的某些寫作技巧來寫歌妓，但不寫淺斟低唱，不涉艷冶風情，而是以幽怨纏綿的手法，表達身世之感和政治懷抱。」[44]所謂「以幽怨纏綿的手法，表達身世之感和政治懷抱」，道出了本詞之特色。其分層簡圖如下：

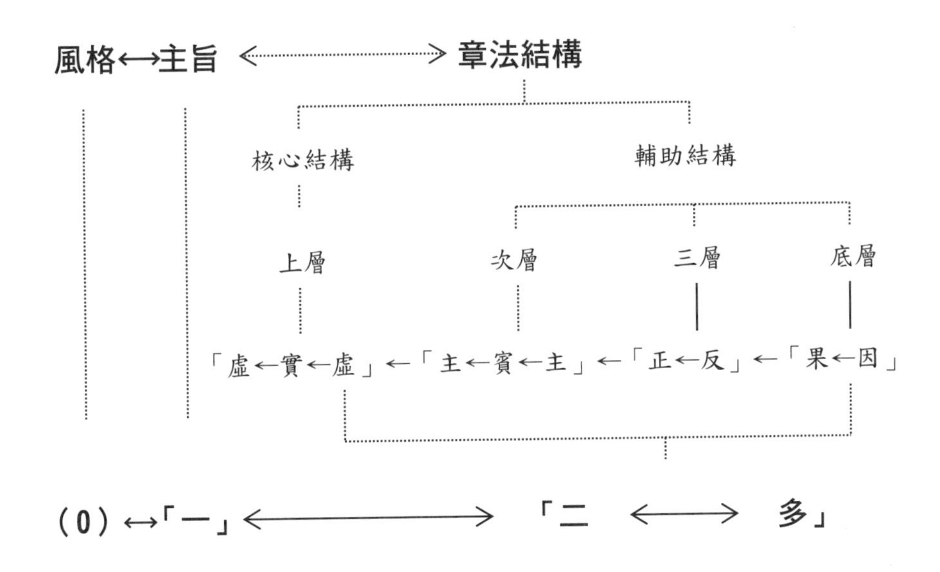

這種螺旋結構，如以「真、善、美」切入，則「(0)」指「美」，在篇章上，指風格、境界等。「一」指「真」；在篇章上，指作者所要表達的核心情、理，即一篇「主旨」。「二」指「規律」，「包括自然界發展的規律，也包括人類社會發展的規律」[45]；在篇章上，指兩相對待之「陰陽二元」，一篇之核心結構與各輔助結構即由此而形成，以呈現一篇「規律」。「多」指由「陰陽二元對待」所形成之各

44 《唐宋詞鑑賞辭典》，同第六章註 35，頁 721。

45 《美學新編》，同第六章註 18，頁 52。

輔助結構，藉以組合各個別意象或材料，形成篇章。可見「真、善、美」與「多二一（0）」螺旋結構，是互相對應的。

第三節　「多二一（0）」的美學詮釋

要深入瞭解章法現象，以呈現其整體內容，除了須探討其哲學源頭外，也有結合其心理基礎，進一步探析其美感效果的必要。

由於章法所講求的是邏輯思維，是「二元對待」，而「二元對待」的結構（含章法單元與結構單元）所形成之節奏（局部）和韻律（整體），是最容易感動人的。宗白華在其《藝術學》中說：「有謂節奏為生理、心理的根本感覺，因人之生理，均兩兩相對，故於對稱形體，最易感入」[46]， 說的就是這個道理。而李澤厚也在其《美學四講》中說：「（審美注意）長久地停留在對象的形式結構本身，並從而發展其心理功能如情感、想像的滲入活動。因之其特點就在各種心理因素傾注在、集中在對象形式本身，從而充分感受形式。線條、形狀、色彩、聲音、時間、空間、節奏、韻律、變化、平衡、統一、和諧或不和諧等形式、結構的方面，便得到了充分的『注意』。讓感覺本身充分地享受對對象形式方面的這些東西，並把主觀方面的各種心理因素如感情、想像、意念、願望、期待等等，自覺或不自覺地投入其中」[47]，這雖然是針對造型藝術來說，卻一樣適用於章法結構與規律之上，其中所謂「時間、空間、節奏、韻律」，便涉及到章法結構，而「變化、平衡、統一、和諧」，則涉及到章法的四大律（秩序、變化、聯貫、統一）。

---

46 《宗白華全集》1，同第六章註 16，頁 506。

47 《美學四講》，同本章註 22，頁 158-159。

既然章法結構或規律，是容易引起人之「審美注意」的，那就必然也可容易地獲得美感效果。邱明正在其《審美心理學》中說：「在這（審美心理活動）一過程中，主體通過求同、求異性探究，把握對象審美特性，使主客體之間、主體審美心理要素之間的矛盾、差異達於和諧、統一，獲得美感；或保持主客體的差異、矛盾、對立，以確保自己審美、創造美的獨立性、自主性和獨特個性。這一過程，是種有著內在節奏的的有序運動的過程」[48]，經過這種「有著內在節奏的的有序運動的過程」，人（主體）之對於章法（客體），自然可以「獲得美感」。如以其「多」、「二」、「一 0」的結構而言，就可以獲得如下之美感效果：

一　「多」的美學詮釋

所謂的「多」，就是「多樣」。歐陽周、顧建華、宋凡聖等在其《美學新編》中說：

> 所謂「多樣」，是指整體中所包含的各個部分在形式的區別和差異性，前面所舉各種法則（整齊一律、對稱與均衡、比例與尺度、節奏與韻律）都包含在這一總的形式美總法則中，成為其一個組成部份或一個側面。[49]

這種「多樣」，對章法而言，凡是主結構以外的各個局部性結構，都在它的範圍內。其中的每一章法或結構單元，無論是順或逆、調

---

48 邱明正：《審美心理學》（上海市：復旦大學出版社，1993 年 4 月一版一刷），頁 92。

49 《美學新編》，同第六章註 8，頁 80。

和性或對比性，都可以因為「移位」（章法單元如「由正而反」、結構單元如由「先賓後主」而「先凡後目」）或「轉位」（章法單元如「正、反、正」、結構單元如由「先賓後主」而「先主後賓」），而產生變化，形成節奏與秩序。所以對應於章法四大律，「多」就是指「產生變化，形成節奏與秩序」的多種結構，而可由此獲得「秩序美」與「變化美」。

一般說來，「秩序」是由形式之「齊一」或「反復」而呈現。陳望道在其《美學概論》中說：

> 形式中最簡單的，是反復（Repetition）。反復就是重複，也就是同一事物的層見疊出。如從其它的構成材料而言，其實就是齊一。所以反復的法則同時又可稱為齊一（Uniformity）的法則。這種齊一或反復的法則，原本只是一個極簡單的形式，但頗可以隨處用它，以取得一種簡純的快感。[50]

對這種「反復」或「齊一」，歐陽周、顧建華、宋凡聖等在其《美學新編》中則稱為「整齊一律」，結合「節奏與秩序」，作了如下說明：

> 又稱單純一致、齊一、整一，是一種最常見、最簡單的形式美。它是單一、純淨、重複的，不包含差異或對立的因素，給人一種秩序感。顏色、形體、聲音的一致或重複，就會形

50 陳望道：《美學概論》（臺北市：文鏡文化事業公司，1984 年 12 月重排初版），頁 61-62。

> 成整齊一律的美。農民插秧，株距相等，橫直成行；建築物採用同樣的規格，長短高矮相同，門窗排列劃一；在軍事檢閱中，戰士們排成一個個人數相等的方陣，戰士的身材、服裝、步伐、敬禮的動作、歡呼的口號聲完全一致，都表現了一種整齊一律的美。我們常見的二方或多方連續的花邊圖案，在反復中體現出一定的節奏感，也屬於齊一的美。這種形式美給人一種質樸、純淨、明潔和清新的感受。[51]

可見「多」(多樣)，是會因其形式之「齊一」或「反復」而形成簡單「節奏」，而「給人一種秩序感」的。

至於「變化」，乃一種動力作用不已之結果，也是形成「多樣」的根本原因。《周易・繫辭上》說：「剛柔相推而生變化。……變化者，進退之象也。」而〈繫辭下〉又說：「易，窮則變，變則通，通則久。」可見「窮」是變化的條件，而變化又與象不可分割。對此，陳望衡在其《中國古典美學史》中闡釋說：

> 《周易》的這些關於變的觀念對中國文化包括中國美學影響深遠。……「象」最大的功能就是能變。……「變」既是空間性的，表現為物體位置的變異；又是時間性的，表現為時光的線性流程。〈繫辭上傳〉云：「法象莫大乎天地，變通莫大乎四時。」最大的象是天地，最大的變通應是春下秋冬四時的更迭。這實際上是提出，我們視察事物應該有兩種相交叉：空間的—天地（自然、社會）；時間的—四時（歷史）。[52]

51　《美學新編》，同第六章註 8，頁 76。

52　《中國古典美學史》，同第二章註 12，頁 188。

既然「變化」是時、空交叉的，而章法又離不開時空，所以這種「變化」的觀點，用於章法，不但可以解釋章法或結構單元之「移位」（齊一、反復）與「轉位」（往復）與時空交叉之關係，也可以和人之心理緊密地接軌。陳望道在其《美學概論》中說：

> 人類心理卻都愛好富於變化的刺激，大抵喚取意識須變化，保持意識的覺醒狀態也是需要變化的。若刺激過於齊一無變化，意識對它便將有了滯鈍、停息的傾向。在意識的這一根本性質上，反復的形式實有顯然的弱點。反復到底不外是同一（縱非嚴格的同一，也是異常的近似）狀態之齊一地刺激著我們的事。反復過度，意識對於本刺激也便逐漸滯鈍停息起來，移向那有變化有起伏的別一刺激去的趨勢。[53]

而「變化」是會形成較複雜之「節奏」的，歐陽周、顧建華、宋凡聖等在其《美學新編》中就針對由「變化」所引生的「節奏」，加以解釋說：

> 節奏是一種連續的合規律的週期性變化的運動形式。郭沫若說：「把心臟的鼓動和肺臟的呼吸，認為節奏的起源，我覺得很鞭辟近裡了。」是有道理的。世界上沒有一樣事物是沒有節奏的：日出日沒，月圓月缺，寒往暑來，四時代序，這是時間變化上的節奏；日作夜眠，起居有序，有勞有逸，這是人們日常生活上的節奏；人體的呼吸、脈搏、情緒乃至思維，都像生物鐘一樣，是一種有節奏的生命過程。當外在環

53 《美學概論》，同本章註 50，頁 63-64。

境的節奏與人的機體的律動相協調時，人的生理就會感到快適，並引起心理上的喜悅。[54]

可見時空或生活變化，甚至生命過程，都會引起「節奏」，與人之生理律動相協調，產生「心理上的喜悅」。而這種由「變化」、「節奏」所引起的「心理上的喜悅」，說的正是美感效果。

由上述可知，章法之「多樣」美，是由其結構之「秩序」（順或逆）與「變化」（順與逆），引生時間或空間性之節奏（韻律）而呈現的。

二　「二」的美學詮釋

所謂的「二」，是「陰」（柔）與「陽」（剛）。由於事事物物，都可形成「二元對待」，而分陰分陽，甚至有「陽中陰」、「陰中陽」，由「包孕」以形成層次的「聯貫」現象。因此陰陽可說是層層對待，且一直互動、循環的。就以章法單元或結構單元而言，除了本身自成陰陽之外，又可以其他結構形成「二元對待」，而形成另一層陰陽。其中屬於陰性的，便成調和性結構，而造成陰柔之美；屬於陽性的，則成對比性結構，而造成陽剛之美。陳望道於其《美學概論》裡說：

兩個極相接近的東西並列在一處，其間相差很微，便多成為調和（Harmony）的形式。兩個極不相同的東西並列在一處，其間相去很遠，便多成為對比（Contrast）的形式。例

54 《美學新編》，同第六章註 8，頁 78-79。

> 如從正黑色，漸次淡薄到正白色的一列中，取正黑色和其次的但黑色相並列時就是調和；取兩端的黑白兩色相並列時就是對比。……凡是調和的兩件東西，總是互相類似的，並無甚麼觸目的變化。所以接觸到它時，也就每每覺得它有融洽、優美、鎮靜、深沉等情趣。……對比的形式，因為變化極明顯，每每帶有華美、鮮活、健強及闊達等情趣，與調和所隨有的情調，差不多相反。[55]

他用顏色為例來說明，很能凸顯「調和」與「對比」的不同，而由此所引生的「情趣」，又以「融洽、優美、鎮靜、深沉」與「華美、鮮活、健強及闊達」加以區別，也很能分出「陰柔之美」與「陽剛之美」之差異與層次來。而歐陽周、顧建華、宋凡聖等在其《美學新編》中，也對這種「調和」與「對比」因素之造成及其所引生之美，提出如下說明：

> 對比，指的是具有顯著差異的形式因素的對立統一。如色彩的濃與淡、冷與暖，光線的明與暗，線條的粗和細、直與曲，體積的大與小，體量的重與輕，聲音的長與短、強與弱等，有規則地組合排列，就會相互對照、比較，形成變化，又相互映襯、協調一致。這種對立因素的統一，可收到相反相成、相得益彰的效果。色彩學上的對比色就是這個道理。如紅與綠互為補色，可產生強烈的色對比和反差。「桃紅柳綠」、「紅花綠葉」、「紅肥綠瘦」「萬綠叢中一點紅」等，使人感到特別鮮明、醒目，富有動感。所以民間有俗話說：

---

55 《美學概論》，同本章註 50，頁 70-72。

> 「紅配綠，花簇簇」,「紅間綠，看不足」。由對立因素的統一造成的形式美，一般屬於陽剛之美。調和，指的是沒有顯著差異的形式因素之間的對立統一。它只有量的區別，是一種漸變的協調，並不構成強烈的對比。如果說，對比是差異中趨向於「異」，那麼，調和則是在差異中趨向於「同」。以色彩為例，紅與橙、橙與黃、黃與綠、綠與藍、藍與青、青與紫、紫與紅，都是相似色，在同一色中又有濃淡、深淺的層次變化，如綠有深綠、淺綠、暗綠、墨綠、嫩綠、翠綠、碧綠等。這種相似或相近的顏色相互配合協調，再變化中保持大體一致，就會給人一種融和、寧靜的感覺。……由非對立因素的統一造成的形式美，一般屬於陰柔美。[56]

他們不但把事物「調和」與「對比」之差異與各自所造成的美感，都說明得很清楚，也把「調和」一般屬於「陰柔美」、「對比」一般屬於「陽剛美」的不同，明白地指出來[57]，有助於瞭解「陰柔美」與「陽剛美」產生的一般原因。

三　「一（0）」的美學詮釋

所謂的「一（0）」，籠統地說，就是「統一」，也可說是「和諧」。這是統括「多」與「二」所獲致的結果，如就章法來說，則是聯結在時、空結構中，由「反復」（秩序）、「往復」（變化）與「包孕」（聯貫）所引起之「節奏」（韻律）、「調和」與「對比」所

56 《美學新編》，同第六章註 8，頁 81。

57 《古典詩詞時空設計美學》，同第三章註 19，頁 323-331。

呈顯之「剛柔」(陰陽),以串成整體「韻律」(節奏)、凸出情理(主旨)、形成風格、氣象,而達於「和諧」的一個境界。而這種「統一」或「和諧」,可以從「形式原理」方面來探討。陳望道在其《美學概論》裡說:

> 所謂形式原理,就是繁多的統一。我們對於美的形式,雖不一定其如此如彼,只是四分五裂雜亂無章,總覺得是與審美的心情不合的。所以第一,「統一」實為對象所不可不具的一個要質。而且它所統一的又該不止是簡單的一二個要素。如只是一二個要素,則統一固易成就,卻頗不免使人覺得單調。所以第二,繁多又為對象所不可不具的一個要質。我們覺得美的對象最好一面有著鮮明的統一,同時構成它的要素又是異常的繁多。卻又不是甚麼統一與否定了統一的繁多相並列,而是統一即現在繁多的要素之中的。如此,則所謂有機的統一就成立。能夠「統一為繁多的統一,而繁多又為統一的分化」。既沒有統一的流弊的單調板滯,也沒有繁多的流弊的厭煩與雜亂。所以古來所公認的形式原理,就是所謂繁多的統一(Unity in Variety),或譯為多樣的統一,亦稱變化的統一。[58]

所謂「統一為繁多的統一,而繁多又為統一的分化」,將「多」與「一(0)」不可分的關係,說得很明白。而這「多」與「一(0)」,是要徹下徹上的「二」來作橋樑的。對這「多樣的統一」,歐陽周、顧建華、宋凡聖等在其《美學新編》裡,也加以闡釋說:

58 《美學概論》,同本章註 50,頁 77-78。

> 所謂統一，是指各個部分在形式上的某些共同特徵以及它們之間的謀種關聯、呼應、襯托、協調的關係，也就是說，各個部分都要服從整體的要求，為整體的和諧、一致服務。有多樣而無統一，就會使人感到支離破碎、雜亂無章、缺乏整體感；有統一而無多樣，又會使人感到刻板、單調和乏味，美感也難以持久。而在多樣與統一中，同中有異，異中求同，寓「多」於「一」，「一」中見「多」，雜而不越，違而不犯；既不為「一」而排斥「多」，也不為「多」而捨棄「一」；而是把兩個對立方面有機結合起來，這樣從多樣中求統一，從統一中見多樣，追求「不齊之齊」、「無秩序之秩序」，就能造成高度的形式美。……多樣與統一，一般表現為兩種基本型態：一是對比，二是調和。…… 無論對比還是調和，其本身都要要求在統一中有變化，在變化中求統一，把兩者巧妙地結合在一起，就能顯示出多樣與統一的美來。[59]

可見「一（0）」與「多」也形成了「二元對待」，有機地結合在一起。也就是說，「一（0）」之美，需要奠基在「多」之上；而「多」之美，也必須仰仗「一（0）」來整合。在此，最值得注意的是，歐陽周他們特將這種屬於「二元對待」的「調和」（陰）與「對比」（陽），結合「多」（多樣）與「一（0）」（統一）作說明，凸顯出「二」（「調和」（陰）與「對比」（陽））徹下徹上的居間作用。這對章法「多、二、一（0）」結構及其所產生美感方面的認識而言，有相當大的幫助。

59 《美學新編》，同第六章註 8，頁 80-81。

而這個「一」中的（0），簡單地說，在辭章中指的是風格、韻味、氣象、境界等辭章之抽象力量。這些抽象力量，是與「剛」（對比）、「柔」（調和）息息相關的。就以風格而言，即可用「「剛」（對比）、「柔」（調和）」來概括。關於這點，姚鼐在其〈復魯絜非書〉中就已提出，大致是「姚鼐把各種不同風格的稱謂，作了高度的概括，概括為陽剛、陰柔兩大類。像雄渾、勁健、豪放、壯麗等都可歸入陽剛類；含蓄、委曲，淡雅、高遠、飄逸等都可歸入陰柔類。就這兩類看，認為『為文者之性情形狀舉以殊焉』」，性情指作者的性格，跟陽剛、陰柔有關；形狀指作品的文辭，跟陽剛、陰柔有關。又指出這兩者『糅而氣有多寡進絀』，即陽剛和陰柔可以混雜，在混雜中，陰陽之氣可以有的多有的少，有的消，有的長，這就造成風格的各種變化」[60]。據此，則陽剛（對比）和陰柔（調和），不但與風格有關，而為各種風格之母；也一樣與作者性情與作品文辭有關，而為韻味、氣象、境界等的決定因素。

對這種道理，吳功正在其《中國文學美學》裡，以美學的觀點，從「陰陽」這一範疇切入說：

> 由一個最簡括的範疇方式：陰陽，繁孵衍化出正多的美學範疇：言與意、情與景、文與質、濃與淡、奇與正、虛與實、真與假、巧與拙等等，顯示出中國美學的一個顯著特徵：擴散型；又顯示出中國美學的另一個顯著特徵：本源不變性。這兩個特徵的組合，便顯示出中國美學在機制上的特性。如劉勰的《文心雕龍》就以此作為理論的結構框架。關於審美的主客體關係，劉勰認為，心（主體）「隨物以宛轉」，物

60 《文學風格例話》，同第六章註 42，頁 13。

> （客體）「與心而徘徊」。關於情與物的關係：「情以物興，故義必明雅；物以情觀，故詞必巧麗」。其他關於文質、情文、通變等範疇和問題，也都是兩兩對舉，都有著陰陽二元的基本因子的構成模式。[61]

在此，他提出了兩個重要觀點：一是指出心（情）與物、文與質、情與文、通與變等等範疇，都與「陰陽二元」有關。二為「陰陽二元」的特徵，既是「擴散」（徹下）的，也是「本源不變」（徹上）的。也正由於「陰陽二元」，是諸多範疇構成的基本因子，有著擴散（徹下）、本源不變（徹上）的特徵，所以既能繁衍為「多」，也能歸本於「一（0）」。由此可知，陽剛（對比）和陰柔（調和）之重要，因而也凸顯了「二」（陽剛、陰柔）在「多」、「一（0）」之間不可或缺的地位。

這樣看來，這（0）之美，是統合了「多二一」所形成的；而「多二一」之美，則依歸了「（0）」所呈現的，這就說明了此種「多、二、一（0）」螺旋結構美的一體性。

對此藝術性，孟建安認為臺灣章法學之研究「從審美層面有重點地探索了章法的美感效果」，他說：

> 就整體而言，……認為由於章法所講求的是邏輯思維，是「陰陽二元對待」，而「陰陽二元對待」的「多、二、一（0）」結構（含章法單元和結構單元）所形成的節奏（局部）和韻律（整體），是最容易感動人的。……主要討論了

61　吳功正：《中國文學美學》下卷（南京市：江蘇教育出版社，2001 年 9 月一版一刷），頁 785-786。

三種美感效果：第一，「移位「和「轉位「的美感效果。……認為，在「多、二、一（0）」結構中，「多」（秩序與變化）中有「移位」和「轉位」的問題，這二者又與節奏、韻律關係密切。「移位」和「轉位」可以形成節奏，又能統攝形成對比或調和的材料，這都會造成強烈的美感。而且，這些美感都不是孤立的，而是渾然一體的，所以「移位」和「轉位」所造成的是整體美感。第二，「調和」與「對比」的美感效果。陳先生認為，由於「調和」與「對比」的作用，使得不同的章法在對比中求得和諧，在和諧中又有反差，造成和諧美或對立美。第三，「多、二、一（0）」結構的美感效果。陳先生分別論述了「多」、「二」、「一（0）」的美感效果。……認為，「多」就是指產生變化、形成節奏與秩序的多種結構，而可由此獲得「秩序美」與「變化美」。「二」有陰陽之分，屬於陰性的，便形成調和性結構，從而造成陰柔之美；屬於陽性的，則形成對比性結構，從而造成陽剛之美。「一（0）」就是「統一」，也就是「和諧」。這是統括「多」與「二」所形成的結構，因此便融變化、秩序、節奏、韻律、主旨、風格、氣象等為一體，而而達到「和諧」的境界。[62]

而林大礎、鄭娟榕也指出臺灣章法學之研究「以美學理論為『輔』，增強『章法風格』的科學性」，認為：

62 孟建安：〈陳滿銘與漢語辭章章法學研究〉，《陳滿銘與辭章章法學》，同第一章註6，頁114-115。

> 並不滿足於以辭章學、哲學理論為「章法風格」奠定了堅實的基礎，他又進一步以美學理論來驗證、增強「章法風格」的科學性。……指出「中國最具代表性的美學範疇，就是『陽與『陰柔』」，這正是「章法風格」的總綱。他廣徵博引地列舉許多傳統辭章理論及哲學、美學、心理學的理論來論證「章法風格」的科學性。 1.「移位」與「轉位」都會造成強烈的美感，……2.「對比」與「調和」是造成美感的兩種基本類型，……3.「多、二、一（0）」結構可產生多種美感效果，……4.每一種「章法」，都會因其固有的特性而造成不同的美感效果。……可見，章法風格的審美也是多元化、開放性的。這無疑使辭章風格的審美內涵更加豐富、更加具體化了。這既符合章法學的特性，當然也合乎它的上位學科——辭章學的特點。[63]

這種肯定與鼓勵，十分可貴。

經由上述，可以看出「多二一（0）」螺旋結構的系統性，它不但是屬於哲學、美學的，也是屬於文學的。而落於辭章的章法上，則既適用於解釋章法之四大律：「秩序」（移位）與「變化」（轉位）為「多」、「聯貫」（由陰陽包孕形成調和與對比，以徹下徹上）為「二」、「統一」（主旨與風格、韻味、氣象、境界等）為「一（0）」；而章法及其結構，也由於它們是一律由「陰陽二元」相對待所形成的，非屬於「調和」（陰柔），即屬於「對比」（陽剛），可徹下徹上，是為「二」，而以核心結構以外之結構為「多」、統合全文之主旨與所形成之整體風格、韻味、氣象、境界

63 林大礎、鄭娟榕：〈開闢漢語辭章學的新領域——陳滿銘教授創建辭章章法學評介〉，《陳滿銘與辭章章法學》，同第二章註 16，頁 161-164。

等為「一（0）」，以呈現其藝術性；所以也一樣適用而無所牴觸。這些都可從所舉散文或詩詞的諸多例子中，獲得充分之證明。而由此「異」中求「同」，特用「多、二、一（0）」的結構加以貫串，嘗試著將哲學、美學、文學等冶為一爐，以見「天下一致而百慮，殊途而同歸」（《周易‧繫辭下》）的道理；尤其是特地從多樣的「二元對待」中提煉出「剛柔（陰陽、仁義）」[64] 來統合，在「多樣」與「統一」之間，搭起一座「二」（二元對待 — 剛柔、陰陽、仁義）以徹下徹上的橋樑，來發揮居間收、散之樞紐作用，開拓了一些「有理可說」的空間，這不但對辭章章法的藝術性可作統合性之梳理，就是對文學、美學與哲學的「求同」研究而言，也是會有「一以貫之」之效果的。

——本章相關內容，詳參《章法學綜論》第五章、《篇章結構學》第五章第三節、《多二一（0）螺旋結構論》第五章、《章法結構原理與教學》第四章、《篇章意象學》第五章、《章法結構論》第六章、《比較章法學》第六章與《章法學新論》第七章

64 《周易．說卦傳》：「昔者聖人之作易也，將以順性命之理，立天之道曰陰與陽，立地之道曰剛與柔，立人之道曰仁與義。兼三才而兩之，故易六畫而成卦，分陰分陽，迭用剛柔，故易六位而成章。」見李鼎祚：《周易集解》（臺北市：世界書局，1963 年 5 月初版），頁 404-405。

參考文獻

王希杰　〈章法學門外閑談〉　《平頂山師專學報》　18 卷 3 期　2003 年 6 月　頁 53-57

王希杰　〈章法三論〉　《南通紡織職業技術學院學報・綜合版》　5 卷 1 期　2005 年 3 月　頁 20-23

王希杰　〈陳滿銘教授和章法學〉　《畢節學院學報》　總 96 期　2008 年 2 月　頁 1-5

王希杰、仇小屏、陳佳君　〈章法學對話〉　《章法論叢》第二輯　臺北市　萬卷樓圖書公司　2008 年 3 月初版　頁 36-87

王菊生　《造型藝術原理》　哈爾濱市　黑龍江美術出版社　2000 年 3 月一版一刷

王　弼　《老子王弼注》　臺北市　河洛圖書出版社　1974 年 10 月臺景印初版

王　弼　《周易略例・明象》　《易經集成》149　臺北市　成文出版社　1976 年版

王德春　〈適應語言學發展趨勢的論著——評陳滿銘教授的辭章學〉　《陳滿銘與辭章章法學》　2007 年 12 月　頁 49-50

王曉娜　〈章法研究的新天地——試論陳滿銘先生的《章法學新裁》〉　《陳滿銘與辭章章法學》　2007 年 12 月　頁 260-267

水渭松譯注　《新譯尸子讀本》　臺北市　三民書局　1997 年 1

月初版

仇小屏　《古典詩詞時空設計美學》　臺北市　文津出版社　2002年11月初版一刷

仇小屏　〈論辭章章法的移位、轉位及其美感〉　《辭章學論文集》上冊　福州市　海潮攝影藝術出版社　2002年12月一版一刷　頁98-122

安海姆著、李長俊譯　《藝術與視知覺心理學》　臺北市　雄師圖書公司　1982年9月再版

安海姆　《視覺思維》　北京市　光明日報出版社　1986年版

成偉鈞等　《修辭通鑑》　臺北市　建宏出版社　1996年1月初版

李澤厚　《李澤厚哲學美學文選》　臺北市　谷風出版社　1987年5月初版

李鼎祚　《周易集解》　臺北市　世界書局　1963年5月初版

吳功正主編　《古文鑑賞大辭典》　杭州市　浙江教育出版社　1998年10月二版四刷

吳功正　《中國文學美學》　南京市　江蘇教育出版社　2001年9月一版一刷

吳楚材、王文濡　《精校評注古文觀止》　臺北市　臺灣中華書局　1972年11月臺六版

宗白華著、林同華主編　《宗白華全集》　合肥市　安徽教育出版社　1996年9月一版二刷

邱明正　《審美心理學》　上海市　復旦大學出版社　1993年4月一版一刷

易中天注譯　《新譯國語讀本》　臺北市　三民書局　1995 年 11 月初版

林大礎、鄭娟榕　〈開闢漢語辭章學的新領域——陳滿銘教授創建辭章章法學評介〉　《陳滿銘與辭章章法學》　2007 年 12 月　頁 134-173

林啟彥　《中國學術思想史》　臺北市　書林出版社　1999 年 9 月一版四刷

林雲銘　《古文析義合編》　臺北市　廣文書局　1965 年 10 月再版

孟建安　〈陳滿銘與漢語辭章章法學研究〉　《陳滿銘與辭章章法學》　頁 80-133

周振甫　《文學風格例話》　上海市　上海教育出版社　1989 年 7 月一版一刷

姜國柱　《中國歷代思想史》〔壹、先秦卷〕　臺北市　文津出版社　1993 年 12 月初版一刷

約翰・格里賓著、方玉珍等譯　《雙螺旋探密——量子物理學與生命》　上海市　上海科技教育出版社　2001 年 7 月版

夏　放　《美學：苦惱的追求》　福州市　海峽文藝出版社　1988 年 5 月一版一刷

高步瀛　《唐宋詩舉要》　臺北市　學海出版社　1973 年 2 月初版

唐圭璋　《唐宋詞簡釋》　臺北市　木鐸出版社　1982 年 3 月初版

唐圭璋主編　《唐宋詞鑑賞集成》　香港　中華書局香港分局　1987 年 7 月初版

唐圭璋編　《詞話叢編》　臺北市　新文豐出版公司　1988 年 2 月臺一版

唐圭璋、繆鉞、葉嘉瑩等　《唐宋詞鑑賞辭典》　上海市　上海辭書出版社　1988 年 4 月一版十五刷

唐君毅　《中國哲學原論・導論篇》　臺北市　臺灣學生書局　1993 年 2 月校訂版第二刷

徐志銳　《周易陰陽八卦說解》　臺北市　里仁書局　2000 年 3 月初版四刷

徐復觀　《中國人性論史・先秦篇》　臺北市　臺灣商務印書館　1978 年 10 月四版

郭預衡　《中國散文史》　上海市　上海古籍出版社　2000 年 3 月一版一刷

常國武　《新選宋詞三百首》　北京市　人民文學出版社　2000 年 1 月一版一刷

張立文　《中國哲學邏輯結構論》　北京市　中國社會科學出版社　2002 年 1 月一版一刷

張秉戍主編　《山水詩歌鑑賞辭典》　北京市　中國旅遊出版社　1989 年 10 月一版一刷

張紅雨　《寫作美學》　高雄市　麗文文化出版社　1996 年 10 月初版

張涵主編　《美學大觀》　鄭州市　河南人民出版社　1988 年 1 月一版二刷

郭長揚　《音樂美的尋求》　臺北市　樂韻出版社　1991 年 6 月初版

常國武　《辛稼軒詞集導論》　成都市　巴蜀書社　1988 年 9 月一版一刷

許建鉞編譯　《簡明國際教育百科全書》　北京市　新華書局北京發行所　1991 年 6 月一版一刷

陳　波　《邏輯學是什麼》　北京市　北京大學出版社　2002 年 1 月一版一刷

陳本益　《漢語詩歌的節奏》　臺北市　文津出版社　1994 年 8 月初版

陳弘治　《唐宋詞名作析評》　臺北市　文津出版社　1977 年 10 月再版

陳佳君　〈論章法的族性〉　《辭章學論文集》〔上〕　福州市　海潮攝影藝術出版社　2002 年 12 月一版一刷　頁 145-163

陳邦炎主編　《詞林觀止》　上海市　上海古籍出版社　1994 年 4 月一版一刷

陳居淵　《易章句導論》　濟南市　齊魯書社　2002 年 12 月一版一刷

陳望道　《修辭學發凡》　香港　大光出版社　1961 年 2 月版

陳望道　《美學概論》　臺北市　文鏡文化事業公司　1984 年 12 月重排初版

陳望衡　《中國古典美學史》　長沙市　湖南教育出版社　1998 年 8 月一版一刷

陳鼓應　《老子今注今譯及評介》　臺北市　臺灣商務印書館　1985 年 2 月修訂十版

陳滿銘　〈章法教學〉　《中等教育》33 卷 5、6 期　1983 年 12 月　頁 5-15

陳滿銘　《文章結構分析——以中學國文課文為例》　臺北市　萬卷樓圖書公司　1999 年 5 月初版

陳滿銘　《章法學新裁》　臺北市　萬卷樓圖書公司　2001 年 1 月初版

陳滿銘　〈談篇章的縱向結構〉　臺灣師大《中國學術年刊》22 期　2001 年 5 月　頁 259-300

陳滿銘　《章法學論粹》　臺北市　萬卷樓圖書公司　2002 年 7 月初版

陳滿銘　〈論幾種特殊的章法〉　臺灣師大《國文學報》31 期　2002 年 6 月　頁 191-196

陳滿銘　〈論因果章法的母性〉　《國文天地》18 卷 7 期　2002 年 12 月　頁 94-101

陳滿銘　《章法學綜論》　臺北市　萬卷樓圖書公司　2003 年 6 月初版

陳滿銘　〈論「多二一（0）」的螺旋結構——以《周易》與《老子》為考察重心〉　臺灣師大《師大學報．人文與社會類》48 卷 1 期　2003 年 7 月　頁 1-20

陳滿銘　〈論章法「多、二、一（0）」的核心結構〉　臺灣師大《師大學報．人文與社會類》48 卷 2 期　2003 年 12 月　頁 71-94

陳滿銘　〈論東坡清俊詞中剛柔成分之量化〉　《貴州畢節師範高等專科學校學報》22 卷 1 期　2004 年 9 月　頁 11-18

陳滿銘　〈論語文能力與辭章研究——以「多」、「二」、「一（0）」螺旋結構作考察〉　臺灣師大《國文學報》36 期　2004 年 12 月　頁 67-102

陳滿銘　〈章法風格論——以「多、二、一（0）」結構作考察〉《成大中文學報》12 期　2005 年 7 月　頁 147-164

陳滿銘　〈論章法結構與意象系統——以「多二一（0）」螺旋結構切入作考察〉　《江南大學學報．人文社會科學版》4 卷 4 期　2005 年 8 月　頁 70 -77

陳滿銘主編　《大學國文選》　臺北縣　普林斯頓國際公司　2006 年 9 月初版　2011 年 7 月二版修訂

陳滿銘　〈意、象互動論——以「一意多象」與「一象多意」為考察範圍〉　中山大學《文與哲》學報 11 期　2007 年 12 月　頁 435-480

陳滿銘　〈以「構」連結「意象」成軌之幾種類型——以格式塔「異質同構」說切入作考察〉　《平頂山學院學報》21 卷 6 期　2006 年 12 月　頁 68-72

陳滿銘　〈論潛性與顯性之互動類型——以辭章義旨為例作觀察〉《江陰職業技術學院學報》19 卷 2 期　2008 年 6 月　頁 25-29

陳滿銘　〈論潛性與顯性之互動類型——以辭章章法為例作觀察〉《畢節學院學報》27 卷 1 期　2009 年 1 月　頁 1-7

陳滿銘　〈意、象形質同構類型論〉　臺灣師大《師大學報．語言與文學類》54 卷 1 期　2009 年 3 月　頁 1-25

陳滿銘　〈篇章風格教學之新嘗試——以剛柔成分之多寡與比例切入作探討〉　《漢學研究與華語文教學》　臺北市　萬卷樓圖書公司　2009 年 9 月初版　頁 41-54

陳滿銘　〈論章法結構之方法論系統——歸本於《周易》與《老子》作考察〉　臺灣師大《國文學報》46 期　2009 年

12月　頁61-94

陳滿銘　〈篇章內容、形式包孕關係探論——以多二一（0）螺旋結構切入作探討〉　臺灣師大《中國學術年刊》32 期（秋季號）　2010年9月　頁283-319

陳滿銘　〈論辭章之無法與有法——以客觀存在與科學研究作對應考察〉　彰化師大《國文學誌》23 期　2011 年 12 月　頁29-63

陳滿銘　〈辭章篇旨辨析——以其潛性與顯性切入作探討〉　中興大學《興大中文學報》28期　2010年12月　頁137-162

陳滿銘　〈論章法四大律之方法論原則——以多二一（0）螺旋結構作系統探討〉　臺灣師大《中國學術年刊》33 期「春季號」　2011年3月　頁87-118

陳滿銘　〈章法結構與語文能力——以科學研究與客觀存在作對應考察〉　《國文天地》27卷5期　2011年10月　頁82-90

陳滿銘　〈論辭章之無法與有法——以客觀存在與科學研究作對應考察〉　彰化師大《國文學誌》23 期　2011 年 12 月　頁29-63

陳滿銘　《章法結構論》　臺北市　萬卷樓圖書公司　2012 年 2 月初版

陳滿銘　〈試論方法論原則之層次系統——以修辭與章法為考察範圍〉　中山大學《文與哲》學報 20 期　2012 年 6 月　頁367-407

陳滿銘　《比較章法學》　臺北市　萬卷樓圖書公司　2012 年 11 月初版

黃　釗　《帛書老子校注析》　臺北市　臺灣學生書局　1991年10月初版

黃順基、蘇越、黃展驥主編　《邏輯與知識創新》　北京市　中國人民大學出版社　2002年4月一版一刷

黃慶萱　《周易縱橫談》　臺北市　三民書局　1995年3月初版

黃慶萱　《修辭學》　臺北市　三民書局　2002年10月增定三版一刷

賀新輝主編　《元曲鑑賞辭典》　北京市　中國婦女出版社　1988年5月一版一刷

賀新輝主編　《古詩鑑賞辭典》　北京市　中國婦女出版社　1998年12月一版二刷

馮友蘭　《中國哲學史新編》　臺北市　藍燈文化公司　1991年12月初版

馮友蘭　《馮友蘭選集》　北京市　北京大學出版社　2000年7月一版一刷

曾春海　《儒家哲學論集》　臺北市　文津出版社　1989年5月出版

勞思光　《新編中國哲學史》　臺北市　三民書局　1984年1月增訂修版

葉　朗　《中國美學史大綱》　臺北市　滄浪出版社　1986年9月版

葉嘉瑩主編　《南唐二主詞新釋輯評》　北京市　中國書店　2005年1月一版五刷

葉嘉瑩主編　朱德才、薛祥生、鄧紅梅編著　《辛棄疾詞新釋輯

評》　北京市　中國書店　2006 年 1 月一版一刷

喻守真　《唐詩三百首詳析》　臺北市　臺灣中華書局　1996 年 4 月臺二三版五刷

喻朝剛　《辛棄集及其作品》　長春市　時代文藝出版社　1989 年 3 月一版一刷

葛榮晉　《中國哲學範疇導論》　臺北市　萬卷樓圖書公司　1993 年 4 月初版一刷

楊辛、甘霖　《美學原理》　北京市　北京大學出版社　1989 年 2 月一版四刷

楊伯俊　《春秋左傳注》　臺北市　源流文化公司　1982 年 4 月再版

蒲基維　〈章法類型概說〉　《大學國文選・教師手冊・附錄三》　臺北縣　普林斯頓國際公司　2011 年 7 月二版修訂　頁 483-522

蔣孔陽、蔣冰梅、樊莘森、樓昔勇等　《美與審美觀》　上海市　上海人民出版社　1987 年 5 月一版六刷

蔣孔陽、朱立元主編　朱立元、張德興撰　《西方美學通史・二十世紀美學（上）・第八章》　上海市　上海文藝出版社　1999 年 11 月一版一刷

黎運漢　〈陳滿銘對辭章法學的貢獻〉　《陳滿銘與辭章章法學》　2007 年 12 月　頁 52-70

劉思量　《藝術心理學》　臺北市　藝術家出版社　1992 年元月二版

劉勰著、黃叔琳注、李詳補注　《增訂文心雕龍校注》　北京市

中華書局　2000 年 8 月一版一刷
潘慎主編　《唐五代詞鑑賞辭典》　北京市　北京燕山出版社　1997 年 6 月一版二刷
蔡厚示主編　《李璟李煜詞賞析集》　成都市　巴蜀書社　1988 年 9 月一版一刷
錢谷融、魯樞元　《文學心理學》　臺北市　新學識文教中心　1990 年 9 月臺初版
錢志純　《理則學》　臺北縣　輔仁大學出版社　1986 年 7 月三版
鄭子瑜、宗廷虎主編　《中國修辭學通史》　長春市　吉林教育出版社　2001 年 2 月一版二刷
鄭文貞　《篇章修辭學》　廈門市　廈門大學出版社　1991 年 6 月一版一刷
鄭韶風　〈漢語辭章學四十年述評〉　《國文天地》17 卷 2 期　2001 年 7 月　頁 93-97
鄭頤壽　〈臺灣辭章學研究述評及其與大陸的異同比較〉　《福建省社會主義學院學報》總 43 期　2002 年 2 月　頁 29-32
鄭頤壽　〈中華文化沃土：辭章學圃奇葩——讀陳滿銘《章法學新裁》及其相關著作〉　《海峽兩岸中華傳統文化與現代化研討會文集》　蘇州　海峽兩岸中華傳統文化與現代化研討會　2002 年 5 月　頁 131-139
鄭頤壽　〈從「章法辭章學」登上「篇章辭章學」的寶座〉　《陳滿銘與辭章章法學》　2007 年 12 月　頁 292-305
鄭頤壽　〈陳滿銘創建篇章辭章學——代序〉　《陳滿銘與辭章章法學》　2007 年 12 月　頁（7）-（12）

鄧球柏 《帛書周易校釋》 長沙市 湖南人民出版社 2002 年 6 月三版一刷

歐陽周、顧建華、宋凡聖編著 《美學新編》 杭州市 浙江大學出版社 2001 年 5 月一版九刷

戴璉璋 《易傳之形成及其思想》 臺北市 文津出版社 1988 年 11 月臺灣初版

羅君籌 《文章筆法辨析》 香港 上海印書館 1971 年 6 月出版

蘇珊．朗格著、劉大基譯 《情感與形式》 臺北市 商鼎文化出版社 1991 年 10 月臺灣初版

譚永祥 《漢語修辭美學》 北京市 北京語言學院出版社 1992 年 12 月初版

顧明遠主編 《教育大辭典》 上海市 上海教育出版社 1990 年 6 月一版一刷

顧祖釗 《文學原理新釋》 北京市 人民文學出版社 2001 年 5 月一版二刷

附錄

作者撰著目錄（1972-2012）

一　個人專著

1.《比較章法學》　臺北市　萬卷樓圖書公司　2012 年 11 月初版
2.《章法結構論》　臺北市　萬卷樓圖書公司　2012 年 2 月初版
3.《篇章意象學》　臺北市　萬卷樓圖書公司　2011 年 3 月初版
4.《當代辭章創作及研究評析——以成惕軒、羅門與王希杰、鄭頤壽、曾祥芹、趙山林等大師為對象》　臺北市　萬卷樓圖書公司　2011 年 1 月初版
5. *Discourse Analysis in Chinese Composition*（《篇章結構學》）　陳滿銘著、戴維揚等譯　國立編譯館獎助、萬卷樓圖書公司出版　2010 年 11 月初版
6.《唐宋詞拾玉——以篇章結構分析為軸心》　臺北市　萬卷樓圖書公司　2010 年 7 月初版
7.《新編作文教學指導》　臺北市　萬卷樓圖書公司　2007 年 9 月初版
8.《章法結構原理與教學》　臺北市　萬卷樓圖書公司　2007 年 4 月初版
9.《多二一（0）螺旋結構論——以哲學、文學、美學為研究範圍》　臺北市　文津出版社　2007 年 1 月初版
10.《意象學廣論》　臺北市　萬卷樓圖書公司　2006 年 11 月初版
11.《辭章學十論》　臺北市　里仁書局　2006 年 5 月初版

12.《篇章結構學》　臺北市　萬卷樓圖書公司　2005 年 5 月初版
13.《篇章辭章學》上、下編　福州市　晨風出版社　2005 年 2 月一版一刷
14.《論孟義理別裁》　臺北市　萬卷樓圖書公司　2003 年 8 月初版
15.《蘇辛詞論稿》　臺北市　文津出版社　2003 年 8 月初版
16.《章法學綜論》　臺北市　萬卷樓圖書公司　2003 年 6 月初版
17.《章法學論粹》　臺北市　萬卷樓圖書公司　2002 年 7 月初版
18.《學庸義理別裁》　臺北市　萬卷樓圖書公司　2002 年 1 月初版
19.《章法學新裁》　臺北市　萬卷樓圖書公司　2001 年 1 月初版
20.《詞林散步——唐宋詞結構分析》　臺北市　萬卷樓圖書公司　2000 年 1 月初版
21.《文章結構分析——以中學國文課文為例》　臺北市　萬卷樓圖書公司　1999 年 5 月初版
22.《國文教學論叢續編》　臺北市　萬卷樓圖書公司　1998 年 3 月初版
23.《作文教學指導》　臺北市　萬卷樓圖書公司　1994 年 10 月初版
24.《詩詞新論》　臺北市　萬卷樓圖書公司　1994 年 6 月初版
25.《文章的體裁》　臺北市　圖文出版事業公司　1993 年 8 月初版
26.《國文教學論叢》　臺北市　萬卷樓圖書公司　1991 年 7 月初版
27.《學庸麤談》　臺北市　文津出版社　1982 年 6 月初版
28.《蘇辛詞比較研究》　臺北市　文津出版社　1980 年 10 月初版
29.《稼軒詞研究》　臺北市　文津出版社　1980 年 9 月初版
30.《中庸思想研究》　臺北市　文津出版社　1980 年 3 月初版

二　主、合編撰

1.《新式寫作教學導論》（主編、合撰）　臺北市　萬卷樓圖書公司　2007 年 3 月初版
2.《寫作測驗必讀文選》一套十本（策劃、主編）　臺北市　文揚資訊公司　2006 年 11 月出版
3.《大學國文選》（主編）　臺北縣　普林斯頓國際公司　2006 年 9 月初版
4.《停雲詩友選集》　與汪中、羅尚、陳新雄等合撰　臺北市　萬卷樓圖書公司　2006 年 9 月出版
5.《大學辭章學》　與鄭頤壽合編撰　福州市　福建人民出版社　2004 年 12 月一版一刷
6.《國中一綱多本國文教材點線面系列 1 → 7》（主編）　臺北市　萬卷樓圖書公司　2000 年 7 月 → 2004 年 1 月出版
7.《國家考試國文科命題參考手冊》　與蔡信發、簡宗梧等合編　臺北市　考選部　2002 年 6 月出版
8.《高中一綱多本國文教材點線面系列》（主編）　臺北市　萬卷樓圖書公司　2001 年 9 月初版
9.《我國中小學國語文基本學力指標系統規劃研究》　與歐陽教、李琪明等合編撰　臺北市　教育部　2000 年 12 月出版
10.高中《中國文化基本教材》（合編）　臺北市　三民書局　1999 年
11.《大學國文選》（合編）　臺北市　三民書局　1998 年
12.《名家論高中國文續編》（主編）　臺北市　萬卷樓圖書公司　1998 年 9 月初版
13.《名家論國中國文續編》（主編）　臺北市　萬卷樓圖書公司　1998 年 9 月初版

14.《五專國文選》（合編）　臺北市　東大圖書公司　1996 年
15.《新譯世說新語》　與劉正浩、邱燮友、黃俊郎、許錟輝等合撰　臺北市　三民書局　1996 年 8 月初版
16.《高中國文》（合編）　臺北市　國立編譯館　1995 年
17. 高職《中國文化基本教材》（合編）　臺北市　東大圖書公司　1995 年
18.《學典》（合編）　臺北市　三民書局　1991 年 5 月初版
19.《大專國文選》（合編）　臺北市　東大圖書公司　1989 年
20.《新辭典》（合編）　臺北市　三民書局　1989 年 5 月初版
21.《詞曲選注》　與王熙元、陳弘治、黃麗貞、賴橋本等合編　臺北市　臺灣學生書局　1985 年 9 月初版
22.《大辭典》（合編）　臺北市　三民書局　1985 年 8 月初版
23.《唐宋詩詞評注》　與陳弘治合編　臺北市　臺灣學生書局　1983 年 11 月初版
24.《重編國語辭典》（編審）　臺北市　商務印書館　1981 年 11 月初版
25.《詞林韻藻》　與王熙元、陳弘治合編　臺北市　臺灣學生書局　1978 年 4 月初版
26.《譯註大學國文選》　與陳弘治、劉本棟、邱鎮京合編撰　臺北市　文津出版社　1972 年 7 月初版

文學研究叢書·辭章修辭叢刊 0812004

辭章章法學導讀

作　　者　陳滿銘
責任編輯　吳家嘉
特約校稿　林秋芬

發 行 人　陳滿銘
總 經 理　梁錦興
總 編 輯　陳滿銘
副總編輯　張晏瑞
編 輯 所　萬卷樓圖書股份有限公司
排　　版　吳莉秦
印　　刷　晟齊實業有限公司
封面設計　斐類設計工作室

發　　行　萬卷樓圖書股份有限公司
　臺北市羅斯福路二段 41 號 6 樓之 3
　電話 (02)23216565
　傳真 (02)23218698
　電郵 SERVICE@WANJUAN.COM.TW
大陸經銷　廈門外圖臺灣書店有限公司
　電郵 JKB188@188.COM
香港經銷　香港聯合書刊物流有限公司
　電話 (852)21502100
　傳真 (852)23560735

ISBN 978-957-739-838-3
2014 年 3 月初版一刷
定價：新臺幣 280 元

如何購買本書：
1. 劃撥購書，請透過以下郵政劃撥帳號：
　帳號：15624015
　戶名：萬卷樓圖書股份有限公司
2. 轉帳購書，請透過以下帳戶
　合作金庫銀行　古亭分行
　戶名：萬卷樓圖書股份有限公司
　帳號：0877717092596
3. 網路購書，請透過萬卷樓網站
　網址　WWW.WANJUAN.COM.TW
大量購書，請直接聯繫我們，將有專人為您服務。客服：(02)23216565　分機 10

國家圖書館出版品預行編目資料

辭章章法學導讀 / 陳滿銘著.
-- 初版. -- 臺北市 : 萬卷樓, 2014.03
面 ;　公分. -- (文學研究叢書)
ISBN 978-957-739-838-3(平裝)
1.漢語 2.篇章學
802.76　　102024692